LA MENTE DE LAS MIL CARAS

Una aventura que ilustra nuestro ilimitado potencial.

Manuel Lanz

Art of Intuition Press.

ISBN   978-1-7369442-3-3

Library of Congress Control Number: 2021907073

Published by

Art of Intuition
30751 El Corazón unit 231
Rancho Santa Margarita, California 92688
USA
www.artofintuition.net

Art cover by Manuel Lanz

Pen and Ink Line Art by Marcela Ewertz

Con inmensa gratitud a la fuente de todas las posibilidades,

por haberme permitido la realización de esta obra.

*En la escala de lo cósmico, sólo lo fantástico tiene
la posibilidad de ser verdadero.*

(Pierre Teilhard de Chardin)

La Lectura de las Tazas de Café

La historia que la vida nos cuenta es un misterio; algunos experimentan inconscientemente el resultado de sus acciones, otros crean las circunstancias de las experiencias que desean vivir...

La mansión de los Robinson había sido incluida en la prestigiada publicación de Somerville International. El imperio económico de los Robinson incluía: transportes navieros y tecnología aplicada a Inteligencia Artificial. El conglomerado de empresas era impresionante. Shivon, la joven heredera de la fortuna de los Robinson festejaba con sus invitados su cumpleaños número veinticinco.

La noche tenía una temperatura agradable de verano, y se escuchaba música suave de fondo. Shivon caminaba acompañada de su amiga Ariana cerca del portón de entrada en el momento en que oyeron al mayordomo despachando a una persona desconocida de una manera descortés.

—¿Qué pasa? —le preguntó Shivon.

—Es una mujer pidiendo algo de comer; ofrece leerles el café a sus invitados a cambio de alimento —explicó en tono burlón.

—Ordena que le den una comida caliente, y agradécele sus servicios, que no serán necesarios esta noche —concluyó Shivon.

—¿Estás segura? ¡Qué tal que fuera divertido! —Intercedió Ariana —Déjala entrar, ¡Dale una oportunidad!

Shivon suspiró y le dio instrucciones al mayordomo para que guiara a la mujer al baño de visitas, y ya que se hubiera alimentado, la acompañara a la biblioteca.

—Ahora lo único que espero es que resulte una buena experiencia para mis invitados. Tú abogaste por ella. ¿Podrías ahora ser la primera participante en las lecturas? Según como te vaya, decides si continúa o cancelas su actuación.

La puerta del estudio se abrió y Ariana salió una vez concluida su sesión. Los concurrentes en la sala de espera la miraban con expectación:

—Que pase el siguiente —anunció ella con una sonrisa.

Uno a uno, los invitados fueron pasando a su sesión con la vidente. Algunos, al salir, exclamaban con la cara iluminada: ¡La mujer es buena! ¡Increíble!

A Shivon le intrigaban tanto las reacciones como los comentarios de sus amigos, y decidió tener ella misma una sesión.

Las dos mujeres se sentaron frente a frente en silencio. Shivon, observó la figura harapienta de una mujer desgastada por la dureza de su vida y se preguntó qué podría esperar de esta farsa.

—Me llamo Shivon.

—Mi nombre es Elisa, me complace que te hayas decidido a entrar.

—¿Eres en realidad una vidente? ¿Puedes ver en las vidas de los demás? Dime la verdad; yo no te desenmascararía frente a mis invitados —El tono de las palabras de Shivon inspiraba confianza.

—Voy a confesarte que no tengo un techo, apenas logro comer una vez al día, hago lo que puedo para sobrevivir —Elisa reflexionó por unos momentos y continuó—: Yo le digo a la gente lo que quiere oír, observo su lenguaje corporal y escucho palabras que me dan claves; en realidad, llevo muchos años de práctica en esto. No pretendo engañar, solo trato de darle algo de esperanza a quien la busca.

Shivon confirmó su sospecha de la falta de videncia en Elisa, y asintió con un gesto de aceptación.

—Sin embargo, hay algo que me gustaría aclarar —afirmó Elisa—. La mayoría de los clientes llegan a mí impulsados por la curiosidad, o como un pasatiempo, y de esa manera lo que yo hago funciona; sin embargo, hay ocasiones en que mi cliente tiene una verdadera necesidad de guía y, en esos casos, algo dentro de mí funciona distinto; me es difícil explicarlo con palabras. En esos casos me hago a un lado, por así decirlo, y dejo que un flujo de pensamientos y palabras se expresen a través de mí, desde una fuente interna que está más allá de mi control. La información que obtengo de esta manera es real, puedo confiar en ella.

Elisa permaneció en silencio, como si reflexionara sobre lo que acababa de decir.

Shivon trataba de entender el contenido de esta revelación y a la vez, le intrigaba el repentino cambio de personalidad de la pordiosera inculta con quien había estado tratando, en contraste con la mujer que momentos más tarde se expresaba con profundidad y perspicacia.

—Yo no vine a ti por curiosidad o diversión —le aclaró—. ¿Hay algo que debas decirme?

Elisa desvió la mirada y respondió dudosa, atenuando su voz:

—No sé…No depende de mí…

Shivon suavizó su actitud y le susurró:

—Por supuesto que depende de ti.

La mirada de Elisa se fijó por algún tiempo en el vacío, hasta que su voz rompió el silencio con un tono más grave.

—Se te viene encima un enorme reto. Vas a tener una enfermedad, del tipo de las que invalidan, no serás capaz de bastarte a ti misma —Elisa se detuvo y salió del trance.

—De qué estás hablando. Estoy sana, me siento bien, ¡no tengo síntomas de ninguna especie! —Shivon objetó.

—Estoy de acuerdo, sin embargo, va a suceder, —aseguró Elisa con toda calma.

—¿Por qué? esto suena injusto.

—Venimos a este mundo con un "tema" por realizar —Elisa trató de suavizar su voz con intención de mostrar comprensión por una situación irremediable.

—¿Un tema? No entiendo a qué te refieres.

Elisa comenzó a explicar:

—El "tema" que debemos llevar a cabo en nuestra vida, no es voluntario a nivel humano. De otra manera, ¿cómo te explicas el asesinato del presidente Lincoln, Gandhi y Martin Luther King? ¿y qué me dices de Stephen Hawking, que tuvo que pasar la mayor parte de su vida cuadripléjico en una silla de ruedas? Nadie entiende los retos que enfrenta a lo largo de su vida; lo único que te puedo decir es que necesitamos ser fuertes ante la dureza de las experiencias. En el proceso de superación de las dificultades adquirimos sabiduría, y así nos convertimos en mejores versiones de nosotros mismos.

—¡No me convences! ¡Es una teoría que no puedo aceptar!

—Entiendo tu reacción, es comprensible. No hablaré más del asunto.

—¿Por qué tú? —preguntó Shivon— ¿por qué apareciste en mi vida a leerme la suerte?

—Es LA MENTE DE LAS MIL CARAS —afirmó Elisa con énfasis.

—¿Quién es la mente de las mil caras? —preguntó Shivon ya más tranquila, con curiosidad por el nuevo tema.

—Yo soy, tú eres, todos somos, el UNO se convirtió en muchos y los muchos son el UNO.

En este momento estoy actuando como una de esas mil caras. Cada uno de nosotros somos expresiones individuales de la misma fuente; sin embargo, podemos recibir la guía de muchas maneras: de un niño, del cantinero en un bar, de un perro, aún a través de un letrero en la banca de un parque.

Elisa articuló con voz más suave:

—Se ha hecho alusión al ABSOLUTO como:

"Siempre presente, sin repetirse,

En constante cambio, siempre infinito".

Ventisca

Alguien tocó a la puerta de una manera discreta, al tiempo que Elisa y Shivon terminaban su sesión.

Al abrir la puerta, Shivon se sorprendió al ver a su hermano, un hombre alto, fornido, de unos 35 años.

—Disculpen, no pretendo interrumpir, ¿hay alguna posibilidad de que me toque una lectura antes de que la noche termine?

—Te presento a mi hermano Arturo, no te dejes impresionar por su tamaño, no es tan duro como parece —Shivon comentó en tono de broma, y abandonó la habitación.

—Encantada de conocerte.

—Tienes un club de admiradores en los amigos de Shivon, te estás volviendo famosa —Arturo la alabó en tono humorístico.

Elisa respondió con una sonrisa discreta y, tras una breve pausa, le preguntó:

—¿Tienes alguna pregunta para mí?

—Me gustaría invertir los papeles si te parece bien —sugirió Arturo—. ¿Estarías de acuerdo en que yo hable y tú me escuches? Te prometo que no me extenderé demasiado.

—Por supuesto, acepto.

—Soy soldado de las fuerzas especiales y no puedo revelar detalles ni lugares de las misiones en que participo, así que sólo me referiré al punto que deseo tratar:

»Hace como dos años estaba solo dentro de una carpa, en despoblado, tratando de entrar en calor. Ya entrada la noche, el viento helado soplaba con furia. Mi mejor opción era dormir y olvidarme de mis circunstancias. «Si me acurruco, y no me muevo, podría mantener mejor el calor de mi cuerpo; pensé». Poco después sentí algo tibio junto a mí, una sensación extraña me hizo levantar la cabeza para ver de qué se trataba y ¡ahí estaba!, un perro negro, sucio y lanudo, acostado a mi lado.

»¡Oye tú! ¡Fuera! ¡Fuera! El perro dio un salto y salió asustado de la carpa. Hice algunos ejercicios respiratorios para relajarme, y no presté atención a ningún pensamiento que viniera a mi mente, intentando dormir. No supe cuánto tiempo había pasado, pero me despertó un leve ronquido y ¡de nuevo este saco tibio de pulgas junto a mí! Esta vez estaba enojado, me incorporé de un salto de la cama, tomé un zapato y le pegué al intruso en el lomo. El perro escapó aullando asustado. El corazón me palpitaba en las sienes. Estaba agotado. El viento aumentaba en intensidad. Eso significaba que sería terrible estar ahí afuera. Algo me hizo recapacitar: ¿Qué culpa tenía este pobre perro lanudo? La pobre bestia sólo estaba tratando de sobrevivir; necesitaba un poco de abrigo en su mísera condición. Reconozco que era un chucho feo, pero no era su culpa, y tenía tanto derecho a sobrevivir como yo.

»Una sensación de culpa me apretó el corazón, y decidí buscarlo y darle cobijo. Con rapidez, me puse mi ropa especial para nieve y salí de la carpa caminando contra el viento helado. Estuve explorando los alrededores en el área, iluminando con mi linterna a través de los arbustos, pero el perro había huido asustado sin dejar rastro.

Arturo estaba conmovido al terminar su relato, y tuvo que hacer un esfuerzo para recobrar su compostura.

—Gracias por escucharme —Arturo se expresó con la voz algo quebrada—. Esto me ha estado corroyendo por dentro.

Con un gesto de aprobación, Elisa comenzó a hablar:

—Si vieras el camino de tu vida desde lo alto podrías apreciar que todo ha sucedido siempre por una razón. Dijiste que un sentido de culpa te apretó el corazón; eso se debió a que sentiste la conexión que hay entre tu espíritu y tu corazón, no con tu mente. El sentido de culpa evita que nos amemos a nosotros mismos; si tú no te amas a ti mismo, no amas a los demás. El sentido de culpa es lo opuesto al amor, pero el espíritu viene a guiarnos adoptando muchas formas, a lo que yo me refiero como LA MENTE DE LAS MIL CARAS, en este caso el perro.

»El espíritu respeta tu libre albedrío, nunca impone, sólo sugiere y sincroniza la cadena de eventos más favorable para tu propósito. Tu Mente Superior utilizó al perro lanudo negro para mostrarte lo que significa la compasión. Hasta ahora has estado digiriendo ese proceso, y como resultado te has convertido en una mejor versión de ti mismo. El perro está bien, y te está moviendo la colita con afecto desde cualquier lugar en que se encuentre.

Dos Años Más Tarde

Poco después de la fiesta en la que Shivon cumplió 25 años, fue diagnosticada con cáncer linfático, el cuál había invadido varias partes de su cuerpo. Después de casi dos años de tratamientos, la joven había permanecido en cama durante más de tres meses en uno de los hospitales más prestigiados cerca de Hamptons, Nueva York. El proceso había sido gradualmente doloroso. Había deteriorado a Shivon física y mentalmente al punto de volverla indiferente. Se había aislado de familiares y amigos. Casi no recibía visitantes porque no se sentían bienvenidos, y optaron por respetar su difícil condición.

—Buenos días, señorita Robinson —El doctor Hanley, su médico asignado, la saludó.

Ella respondió con un gesto en silencio.

—¿Cómo se siente, alguna novedad?

—Usted sabe cómo me siento doctor, tiene en sus manos todos mis últimos resultados de laboratorio en su tableta.

—Hay algo que quisiera proponerle — sugirió el doctor Hanley tratando de sonar convincente.

Shivon permaneció en silencio, pero receptiva.

—Hay un ensayo clínico para un nuevo medicamento en el que usted podría ser admitida. Requeriría un tratamiento inicial de unos tres meses antes de poder evaluar un resultado. No le voy a mentir, los efectos secundarios podrían ser severos, pero haríamos todo lo posible por disminuir su malestar. A este nivel creo que es la mejor opción para mantenerla con vida.

—No. ¡Por ningún motivo! Este es un momento de decisión para mí. ¡NO más tratamientos! Gracias por querer ayudarme, pero no lo puedo aceptar.

Dr. Hanley permaneció en silencio por unos momentos y, antes de abandonar la habitación, le dijo con tono amable:

—Respeto la forma en que se siente; tómese su tiempo para pensarlo, yo estaré disponible por si cambia de opinión.

Shivon respiró con alivio. De alguna manera ella se sentía mejor esa mañana. Giró su vista alrededor de la habitación, con la mirada perdida hasta que fijó su atención en el pasillo que conducía hacia la entrada de su cuarto. Poco a poco, comenzó a distinguir una silueta femenina que se acercaba hacia su puerta, sacudió la cabeza como para salir de la especie de trance en que se encontraba, y vio a Elisa de pie junto a su cama.

Los latidos del corazón de Shivon golpeaban dentro de su pecho, y sus ojos se inundaron con lágrimas, en una reacción más allá de su control.

Elisa llegaba sonriente; ya no estaba vestida con harapos. Se veía radiante, saludable, en excelente forma.

Tocó con suavidad a Shivon en el hombro.

—Vine a darte las gracias…

—…¿Viniste a agradecerme el haberte alimentado en mi fiesta de cumpleaños? —interrumpió Shivon.

—…a agradecerte por haberme ayudado a lograr mi propósito en la vida —Elisa levantó la frente…

—¿A qué te refieres?

—Yo estaba en crisis —confiesa Elisa—; dando traspiés, abrumada por la adversidad de las circunstancias. Esa noche, la de tu fiesta de cumpleaños, lo que comenzó como un juego de leer la suerte para tus invitados, me hizo sentir útil por unos instantes —Elisa recordó como transportada al pasado y, después de una pausa, su tono se volvió más serio—: Sin embargo, el evento que cambió mi vida fue mi interacción contigo; abrumada por la adversidad de las circunstancias, me olvidé de que el ego no está diseñado para percibir más allá de lo que los cinco sentidos le proporcionan. El ego por su limitada naturaleza bloquea, cuestiona, infunde temor.

»Cuando tú con inocencia me preguntaste si yo tenía algo para revelarte, tu honestidad y la pureza de tu intención activaron en mí una energía dinámica que me abrió el canal de comunicación con mi Mente Superior. Parecería irónico, pero la realidad fue que el curandero resultó curado. ¿Recuerdas La metáfora de LA MENTE DE LAS MIL CARAS? Bueno, en aquella ocasión tú actuaste como una de esas caras —Elisa concluyó con una mirada cálida.

Shivon estaba conmovida, aun recuperándose de la inesperada reaparición de Elisa. Tras unos momentos de mirarla con atención le preguntó:

—Cuéntame, ¿dónde has estado estos dos años?

—Sigo la corriente. Veo la vida como una aventura en la que aprecio la belleza dondequiera que voy, confianza y gratitud son dos cualidades que prevalecen en mi diario vivir, y tengo una disposición abierta para quienes se cruzan en mi camino.

Shivon captó la respuesta velada de Elisa y decidió no insistir por más detalles.

—Además de expresar mi agradecimiento —continuó Elisa—, vine aquí para compartir contigo información esencial en este momento crítico de tu vida —Mostró una sonrisa de satisfacción como quien se siente portadora de buenas noticias.

—¿Estás tratando de levantarme el ánimo? Muchas gracias, pero no estoy deprimida.

—Ya me explicaron en detalle el pronóstico terminal de mi enfermedad —continuó hablando con énfasis—. Antes de que me digas lo que viniste a compartir conmigo, déjame decirte lo que siento…

Elisa aceptó inclinando la cabeza.

—Los últimos tres meses han sido eternos, encarcelada dentro de estas paredes. Mi familia ha tenido dinero por generaciones, sin embargo, el bienestar no tiene que ver con dinero, tiene que ver con propósito, con salud. Mi reclusión me ha obligado a ordenar mis prioridades de una manera diferente, distinguir lo válido, lo esencial, de lo que no lo es:

> *Tratar de ser bueno no basta, es necesario ser realmente bueno.*
> *El liberar es válido, el aferrarse no lo es.*
> *El momento presente es lo único que importa, el pasado ya no existe.*
> *Lo que piensas, lo que sientes, lo que haces tendrá una consecuencia para ti.*

Shivon hizo una pausa. Elisa permaneció atenta.

»Esta mañana mi médico me ofreció un tratamiento experimental…

—…Lo sé —Interrumpió Elisa.

—Entonces también sabes que me negué a aceptarlo.

—¿Porque intentas luchar contra esta enfermedad de una manera diferente? —preguntó Elisa.

—No.

—Entonces, ¿te estás rindiendo? —Elisa ejerció cierta presión en su tono de voz para que Shivon expresara su convicción.

—¡No! —respondió Shivon con determinación—. No me estoy rindiendo, sólo estoy aceptando mi presente condición. Las limitaciones a las que esta enfermedad me ha sometido me han hecho apreciar mi vida con una escala de valores diferente. Al fin caí en la cuenta de que este reto ha sido mi maestro en los últimos dos años. Ahora acepto la responsabilidad sobre mis actos, no reacciono a la defensiva, ya no busco la aceptación de los demás y lo más importante, es que ahora siento más empatía por el dolor y la desgracia ajena.

Elisa acarició la mano de Shivon con suavidad para calmarla.

—Con tu relato estás haciendo esta conversación más fácil para mí; esto tiene relación con lo que yo venía a hablar contigo. Permíteme explicarte:

»Al liberarte del temor, y por fin reconocer y aceptar que esta dolorosa experiencia era tu maestra, te volviste inmune a la enfermedad. La condición dejó de tener una razón de existir.

»Esta mañana diste un paso decisivo con tu doctor. Tomaste una determinación valiente y sin resentimiento; al hacerlo encausaste energía vital hacia tu proceso de curación, energía que de otra manera se habría desperdiciado. No tienes que tomar mi palabra como un acto de fe, pero no tienes idea lo saludable que estás ahora.

Shivon rompió en llanto.

—¡Te creo! ¡Sí, te creo!

Elisa la consoló con cariño asegurándole que ya había pasado lo peor de la prueba, y la elogió por su fortaleza.

Poco a poco, Shivon se relajó y logró tranquilizar su mente.

—Solo queda una pequeña arruga que nos falta por planchar —Elisa posó su mano sobre el brazo de Shivon.

—¿Y qué es? —preguntó ella soñolienta.

—Necesitas descansar ahora, pero mañana en la mañana te propongo un paseo por el jardín si te animas.

—Me encanta la idea — balbuceó medio dormida.

Elisa la besó con ternura en la frente y, en silencio, se inclinó ante ella a manera de despedida.

Transición

Shivon despertó con la sensación de que ya no debía estar en ese cuarto de hospital. El sentimiento es el lenguaje del alma, y ella confiaba que estaba recibiendo una especie de mensaje confirmando su mejoría de salud.

Elisa llegó temprano por la mañana y solicitó aprobación médica para llevar a Shivon a pasear por los jardines del hospital. Movilizada en una silla de ruedas, disfrutaba del buen clima y el aire fresco como regalos preciados.

—Me da tanto gusto que estés aquí —Desde su silla volteaba la cabeza tratando de hacer contacto visual con Elisa—. ¿Eres una Maestra Espiritual?

—No sé si lo soy, sin embargo, sé que tú eres una Maestra Espiritual, sólo que no te has dado cuenta. En realidad, los discípulos aprenden de sus maestros y también los maestros aprenden de sus discípulos.

Shivon se mantenía respirando profundo, apreciando la luminosidad que se filtraba por las copas de los árboles. Se detuvieron en una zona apartada en el parque, bajo la sombra de un árbol, rodeadas de abundante vegetación. En el ambiente reinaba esa paz que se experimenta al estar en contacto con la naturaleza.

—Reconozco que intuyes que estás cambiando de una situación dolorosa a una nueva etapa —le explicó Elisa—, yo sólo te ofrezco actuar como un apoyo para asistirte en la transición, pero necesito tu permiso; es importante que solicites mi guía en este proceso.

—Por supuesto, confío en ti.

Elisa comenzó a hablar con un tono suave y pausado:

—Cierra los ojos y fija tu atención en este momento presente… deja a un lado cualquier asunto pendiente de tu vida diaria, y dedica este tiempo sólo para ti… date permiso de sentir paz cada vez que tomas aire; inhala y suelta… deja ir cualquier indicio de tensión al exhalar…tomas aire… lo sueltas… tomas aire…lo sueltas…

»Ahora recuerda un tiempo en el que hayas experimentado amor de una manera significativa, ya sea que lo recibiste de alguien o que tú se lo diste a alguien. Trae a tu memoria el lugar, la época, con quien estabas, las circunstancias…Experimenta de nuevo esa emoción de amor y siente como se expande por todo tu cuerpo… Date cuenta y agradece lo afortunada que eres de tener esta experiencia… Ahora, manteniendo esta agradable sensación de amor contigo, permítete imaginar que estás remando en un kayak por un río con agua cristalina que corre a través de un bosque. Hay árboles a lo largo de ambas orillas del río, y el bosque está lejos del bullicio de la civilización. Estás remando río arriba, avanzando placidez…y con cada respiración, flotando y relajándote cada vez más profundo…A lo lejos escuchas el sonido de una cascada…Conforme avanzas, el volumen se incrementa, y ves que se origina detrás del próximo recodo del río. Ahora la tienes de frente, es una cascada majestuosa… Al acercarte y oír el estruendo del agua cayendo, sientes el rocío fresco que con suavidad humedece tu cara. Inspiras este fresco rocío y te sientes revitalizada. Frente a ti, contemplas esta imponente pared de agua cayendo con gran energía… te sientes fuerte y segura, ya que sabes que no puede dañarte… Te sientes atraída hacia el agua cargada de vitalidad y decides meterte a esta poderosa regadera... sientes el golpe del agua en cada parte de tu cuerpo... es un torrente fresco y energizante... La fuerza del agua al caer arrastra fuera de tu cuerpo toda impureza… SIENTE cómo te limpia desde el fondo todo rastro de cáncer, ¡Estás limpia! ¡Estás saludable!

»Llegó el momento de alejarte de la cascada, agradécele el bien que te proporcionó.

»A medida que te alejas remando, te percatas que estás en tu cuerpo, pero que no eres el cuerpo; que vives en el mundo, pero no eres dueña de él; que todo lo que sientes y, lo que es en verdad tuyo, está contenido en tu corazón. El amor que expresas y el amor que recibes es real, y te pertenece. Tu sabiduría es real, y te pertenece. El enlace con tu espíritu es real, y es tuyo.

»En este momento puedes agradecer la experiencia recibida. Prepárate para abrir los ojos sintiéndote renovada, y continuar tu camino con una vida saludable. Abre lentamente los ojos y en este instante, completamente alerta, siéntete preparada para expresar amor donde quiera que vayas.

—¿Cómo supiste que yo necesitaba tu ayuda en este trance? —preguntó Shivon en el camino de regreso a su cuarto.

—No lo sabía —contestó Elisa sin titubear—Te mencioné que sigo el impulso del momento presente cuando lo identifico proveniente de mi corazón, y no de mi mente. Lo que siento en este momento determina mi próximo paso… y el que sigue. La mente superior organiza los detalles y, cuando sigues tu corazonada, todo entra en sincronía para que estés en el lugar preciso, con la gente indicada, en el tiempo exacto para que el propósito se cumpla.

Shivon sentía como si estuviera llegando a su verdadero hogar, como si poco a poco, estuviera recordando un conocimiento que de alguna manera había olvidado durante su infancia, debido al condicionamiento social proveniente de familiares, maestros o amigos.

Una vez instalada, Shivon suplicó:

—¡No te vayas, por favor! Yo me encargo de lo que necesites para que te quedes el tiempo que quieras.

Elisa tomó las manos de Shivon entre las suyas, con afecto:

—No me vas a ver cada vez que quieras, pero te aseguro que nuestros caminos se cruzarán cuando me necesites.

Shivon giró hacia el velador junto a su cama y abrió un cajón:

—Te voy a dar este teléfono celular... —Cuando miró de regreso, la habitación se encontraba vacía, Elisa se había ido.

A la mañana siguiente, el doctor Hanley saludó a Shivon, preguntándose con curiosidad cuál sería su decisión sobre el ensayo clínico que le había sugerido.

—Solo le voy a pedir algo antes de aceptar este nuevo tratamiento —dijo Shivon.

—La escucho.

—Me gustaría tener análisis de laboratorio actualizados para ver cómo están mis niveles.

—Usted conoce lo que sus estudios recientes muestran, acabamos de recibir esos resultados la semana pasada —objetó el doctor.

—Lo sé, solo necesito asegurarme antes de entrar a la cámara de tortura —contestó Shivon, tratando de suavizar la situación con Dr. Hanley.

—Muy bien, hagámoslo. Sólo esté consciente que los estudios no serán cubiertos por el seguro; se están repitiendo con muy poco lapso.

—Está bien —le aseguró Shivon—, los pago por mi tranquilidad.

La Caminata

Arturo irrumpió en el cuarto de su hermana.

—¡Me dieron la noticia! La directora del hospital me llamó hoy. Los médicos no encuentran explicación para tu remisión inesperada —Arturo la abrazó casi levantándola del suelo...

—¿Cómo te sientes? ¡te ves muy bien!

Shivon sonrió con satisfacción ante el entusiasmo de su hermano.

—Tu doctor te quiere mantener en observación un día más, y después te puedo llevar a casa —Arturo se calmó un poco y prosiguió—:

Nuestros padres están de viaje en uno de esos tours exóticos de *National Geographic* , y no sé con exactitud en qué selva del planeta se encuentran ahora.

Shivon miró a Arturo a los ojos y lo tomó de los hombros:

—Tú y yo no hemos hablado desde hace mucho tiempo, dime en verdad, ¿cómo estás? —Shivon estaba consciente del esfuerzo que su hermano hacía por superar sus traumas de posguerra.

—He vivido mejores épocas —confesó Arturo—. Lo bueno es que me retiré del ejército y papá me está entrenando para que lo sustituya en su puesto como director general —Tras de una pausa, tomó a Shivon del brazo y, tratando de ser convincente, le explicó—: Hermana, tú sabes que no tengo el don empresarial, te necesito conmigo para moverme entre los tiburones; juntos podemos lograrlo. Tan pronto como te den de alta en el hospital puedes comenzar una vida nueva en nuestro negocio familiar; unidos nos puede ir de maravilla.

Shivon escuchó a su hermano en silencio, y reconocía que la propuesta de Arturo tenía sentido. Se veía como la mejor opción a seguir, sin embargo, en su interior había una resistencia como un metal al rojo vivo contra la idea. El entusiasmo de Arturo le provocaba algo de tristeza por no estar de su lado. Buscaba las palabras para explicarle cuál era su sentir hacia el negocio, en contraste con lo que era su llamado interno para su próximo paso a seguir.

—Arturo —Shivon se dirigió a su hermano algo solemne—, toma asiento, y por favor permíteme que te defina mi situación actual con sinceridad:

—Los últimos dos años he estado fuera de circulación encerrada dentro de estas paredes. Mi necesidad inmediata es de "movilidad". Algunas personas viajan por placer, otras hacen viajes con objeto de explorar, aprender o volverse fuertes. En mi caso, siento la necesidad de hacer un viaje de naturaleza espiritual para encontrarme a mí misma. En la cultura aborigen australiana se le ha denominado como el *Walkabout*, una caminata sin rumbo definido durante el tiempo que sea necesario. En el transcurso de este viaje necesito decidir, crear, expresar y experimentar quien en realidad soy. Lo que tú me propones tiene todo el sentido; representa una situación cómoda, pero mi voz interior me pide que me aparte de lo conocido. Mi *Walkabout* me inspira al cambio, me abre posibilidades ilimitadas. Lo conocido, me atrapa.

El temblor de voz de Arturo delató su decepción ante la confesión de su hermana:

—No tengo idea lo que estás tratando de comunicarme, sé lo que quieres decir, pero no veo cómo este concepto te aplica a ti, a nosotros.

Shivon le contestó con énfasis, pero con suavidad en su actitud:

—Necesitamos permitir que cada uno de nosotros recorra su propio sendero. Fuera de mi participación en el grupo corporativo, siempre estaré para respaldarte en cualquier necesidad personal que tengas.

Arturo tomó a Shivon en sus brazos.

—¡Me rindo hermana! De todas maneras, te quiero. Lo más probable es que tengas razón, a ti te tocó la inteligencia y a mí lo bien parecido —Se dio por vencido con sentido del humor.

Punto sin Retorno

El *Gulfstream* privado aterrizó en Nueva York en las primeras horas de la tarde. Edward y Clara Robinson, padres de Shivon, regresaban de un viaje por las Islas Galápagos en Ecuador. Edward Robinson, billonario por mérito propio, a sus sesenta y cinco años era el soberano supremo en su círculo familiar. Atareado por mantener el control de su imperio económico, no dedicaba tiempo para atender asuntos personales de su familia.

—Llévame al Hamptons Memorial Hospital —Edward le ordenó a Charles, su chofer.

Shivon había sido dada de alta en el hospital, y estaba en espera del buen Charles, el viejo chofer que había trabajado para la familia Robinson desde que ella tenía recuerdos. Le sorprendió ver llegar a Edward, su padre, quién le dio instrucciones a Charles para que lo esperara afuera en el auto.

—Veo que no permitiste que el cáncer te venciera —mencionó con tibieza al tiempo que saludaba a Shivon con un ligero abrazo—. Siempre te he dicho que eres "dura de pelar", la única forma en que se debe ser.

Edward daba pasos intranquilos en el cuarto, aunque trataba de actuar con calma.

—Arturo me contó en detalle la respuesta que le diste respecto a tu nombramiento en el directorio de la compañía —Hizo un esfuerzo para controlarse y adoptó un tono más suave soltando la rigidez de su quijada—. Espero que todo haya sido un malentendido, a este nivel todavía puedes tener una confusión provocada por los medicamentos. Debemos darle tiempo…

Shivon se había quedado sin habla, paralizada por el temor. Su vida entera había sido dominada por su padre. Clara, su madre, y Arturo no habían sido la excepción. No se trataba de la figura de autoridad paterna; en la familia Robinson, Edward ¡era el jefe! Vino a su memoria una imagen en que ella le suplicaba a su hermano Arturo que no se enrolara para la guerra de Medio Oriente. "Necesito un respiro hermana" le había contestado desesperado. "Tengo que escaparme de este feudo".

Ahora Shivon estaba frente a frente con su padre, y tenía que defender sus convicciones.

—Estoy en pleno uso de mis facultades Edward, (ella no se dirigía a él como papá) fue mi decisión no aceptar el puesto en el directorio. Para ti yo soy desechable, alguien más puede ser contratado en mi lugar. En lo que a mí respecta, necesito tomar mis propias decisiones, actuar de acuerdo con ellas y seguir mi llamado.

—¿Y cuál es? —preguntó sin mirarla.

—Hace un momento mencionaste que Arturo te había explicado con detalle mi posición, ¿qué más necesitas que yo agregue?

—¿Me quieres decir que intentas seguir adelante con tu idea del *Walkabout*? —Edward se encontraba molesto a este nivel—. En Australia, un *Walkabout* es en la actualidad considerado una excusa para abandonar el trabajo, una forma de evadir responsabilidades. En un esfuerzo por darle validez al concepto lo han denominado "Movilidad Temporal", que de todas maneras sigue siendo evasión de responsabilidades —Alzó los brazos y levantó su voz.

Shivon respiró profundo, dirigió su mirada hacia su padre y comenzó a hablar con tono tranquilo:

—Desde que yo era pequeña, he estado en constante lucha por lograr tu aprobación. La obediencia incondicional no debió ser el precio de mi salvación en tu reino; más bien debí haber dado mi consentimiento en toda situación como una expresión de mi libertad para poder escoger. ¿Cómo crees que me siento cuando pienso que me deberías querer por quién yo soy, y no por lo que yo hago?

Shivon hizo una pausa como si esperara respuesta, y luego afirmó:

—Estos dos últimos días me he sentido feliz sin ninguna razón específica, lo que me indica que voy por el camino correcto.

—¡Momento! ¡Un momento! —Eduard interrumpió, con el rostro enrojecido—. Todo lo que te he enseñado ha sido el producto de la lucha con la que he ascendido. Has escuchado innumerables veces: que no hay sustituto para el trabajo arduo, que la mejor enseñanza viene con dolor y persistencia, que la vida es una lucha constante, una carrera de ratas y, la lista continúa… Considera por un momento lo que yo he logrado, a dónde he llegado. ¿Cómo puedes probar que estoy equivocado?

—Yo no digo que tú estés equivocado —contestó Shivon con calma—. Lo que pasa es que tenemos puntos de vista diferentes: En tu forma de actuar, tú supones que la mente racional debe tener las respuestas para solucionar los problemas que la vida diaria te presenta. El problema es que la mente racional obtiene su información a través de los cinco sentidos, lo que constituye un recurso muy limitado; por lo tanto, puede entender "como algo es", "como ha sido" pero no está diseñada para saber "cómo será", ya que ésa es una función de la intuición, y ese es mi punto. Existe un nivel más elevado desde el que se puede sentir, pensar y actuar.

Edward permanecía en silencio conteniendo su desacuerdo.

Shivon puso en orden sus pensamientos y expuso su declaración final:

—La forma como tú me ves me recuerda a una perrita amaestrada, y ese pequeño ser se está haciendo a un lado para que mi Mente Superior me guíe. No tengo temor, soy independiente, no estoy por debajo de nadie. La esencia de nuestro Ser Interno es la fuente de todo lo que existe.

—¡No me das otra alternativa! —Edward explotó en cólera—. ¡Necesitas que algo te sacuda para que despiertes! Te voy a mostrar lo equivocada que estás. A partir de este momento no cuentas con mi soporte financiero. ¡No quiero volver a verte en casa, hoy mismo empacas y te vas! Quiero ver a dónde te van a llevar tus creencias, y lo que pueden hacer por ti en la vida real; esa será tu lección, o la mía… ya veremos.

Edward abandonó la habitación, con una mezcla de enojo y desconcierto a la vez. Shivon había sido su pequeña mascota y, a su manera, él la quería.

—¿La puedo servir en algo señorita Robinson? —un enfermero entró solícito al ver a Edward dejar la habitación apresurado.

—Nunca deberíamos desperdiciar energía tratando de convencer a alguien de nuestro punto de vista —Shivon balbuceó entre dientes.

—¿Perdón, a qué se refiere?

—Discúlpeme, pensaba en voz alta. ¿Podría pedirme un taxi por favor?

Simbiosis

Shivon recorrió su cuarto con la vista por última vez mientras esperaba a que la vinieran a recoger. Sentía agradecimiento por la amplitud de visión que había logrado al superar una experiencia tan dolorosa durante su estadía en ese lugar.

Su teléfono celular sonó. «Mi taxi» supuso.

Escuchó la voz de su amiga Ariana en la línea:

—¡Estoy tan contenta! Arturo me dio la buena noticia. Necesito verte, ¿puedes hoy?

—Por supuesto. Para ti, siempre.

—¿Puedes ahora?

—Claro, estoy en el hospital esperando un taxi.

—¿Un taxi? ¿habiendo tantos de nosotros que te queremos?

—Es complicado. Ya te explicaré.

—Voy en camino, te veo pronto.

Las dos amigas viajaban en auto entabladas en conversación. Ariana escuchaba sorprendida el relato de Shivon sobre la situación con su padre, y comentó:

—Me parece increíble. No sé qué decirte, por dónde empiezo.

—Te entiendo, mi condición no es tu paquete.

—Claro que sí, eres mi mejor amiga. Tenemos mucho camino andado, y estoy contigo, a menos que...—

—A menos que... ¿qué?

—A menos que te quieras deshacer de mí —sonrió Ariana.

En una zona agradable del camino, ambas se detuvieron a almorzar en un restaurante junto al río Hudson.

—Hay algo que te quiero contar —Ariana le participa a su amiga—. Mis padres decidieron cambiar los términos de mi fideicomiso, seguramente basado en mi buen comportamiento —bromeó Ariana levantando los ojos—. Tengo ahora total libertad para usar el dinero, tanto del ingreso como del capital. He estado averiguando y la mejor opción parece ser invertir en tierra ya sea en Canadá o Australia, quizá en ambos. Al ser vecinos de Canadá quiero explorar algunas áreas lo antes posible.

»El tiempo es importante porque hay una cláusula en la liberación del fideicomiso, que especifica debo invertir el dinero de una manera conservadora en un término no mayor de sesenta días. ¿Podrías acompañarme en esta exploración? Tienes muy buen instinto para estas cosas, significaría mucho para mí. ¿Qué piensas?

—No se trata de lo que piense, lo importante es cómo lo siento y, por supuesto, lo siento positivo —contestó Shivon con un guiño amistoso...

Ikan

En Lennox, Ontario, Canadá no había smog. El aire estaba limpio y, ese día, el clima magnífico. Sobre una zona boscosa volaba un pequeño avión Cessna. El cielo claro invitaba a volar dando esa sensación de amplitud que sólo se experimenta en las alturas. Ese día todo parecía ser perfecto, sin embargo, la cara del piloto estaba tensa, se advertían algunos moretones, y su expresión indicaba un estado emocional alterado.

Ikan Stroll, era un hombre atlético de 32 años, de rasgos faciales agradables, bien definidos. Poseía una personalidad magnética, ahora opacada por su estado mental de enojo.

Hay días en que todo aparenta salir mal, y si la persona se deja abrumar por las circunstancias, los eventos negativos parecen enlazarse y continuar. Ikan estaba consciente de ello, sin embargo, no hizo nada por cambiar su actitud, y el efecto no tardó en manifestarse. El continuo ronroneo del motor del avión se interrumpió de improviso con un prrr... prrr. Ikan de inmediato activó distintos controles: el *choke*, bombeo auxiliar de combustible, pero el motor seguía fallando. Miró hacia abajo buscando un sitio donde hacer un aterrizaje forzoso, pero el avión había perdido altura, y el follaje de los árboles se acercaba con rapidez. Desesperado, trató de levantar la nariz del avión, pero las ramas de los árboles comenzaron a rasgar las alas, y el ruido se volvió ensordecedor a medida que la nave se hacía pedazos.

Tras el impacto, Ikan perdió por unos momentos la noción de lo que había sucedido, y el lugar donde se encontraba. Poco a poco recuperó su movilidad y como un sonámbulo, se levantó y comenzó a caminar fuera de los escombros. Con lentitud avanzó tambaleante por el terreno que le ofrecía menor resistencia. Después de un tiempo, perdió la noción de qué distancia había recorrido. El esfuerzo lo tenía exhausto, y había comenzado a perder la visión. «¿Por qué estoy caminando?» pensó.«¿ Hacia dónde voy?» Quería detenerse, pero su instinto de conservación lo impulsaba a seguir avanzando.

Cuando llegó a un claro en el bosque estaba tan agotado que no podía discernir si lo que veía era un espejismo. Ante él, a unos cincuenta metros, distinguía una cabaña rústica. Con lo que le quedaba de energía caminó hacia la entrada y, sin fuerza para tocar, abrió la puerta y se desplomó.

Mucho después, Ikan comenzó a moverse en ese estado de somnolencia que precede al despertar. Se estiró y ¡Aaay! Todo su cuerpo estaba adolorido.

Al recobrar la conciencia abrió los ojos:

«¿Dónde se encontraba?» Aunque casi no se podía mover, se sentía tranquilo y sin preocupaciones. La primera imagen que capturó su atención fue la de unas velas que giraban con lentitud sobre su cabeza. El efecto de las flamas lo hacían sentir en un lugar apacible. A su lado estaba una mujer de edad madura que le sonreía con calidez; la veía como un ser amable que le inspiraba protección. Era de figura esbelta, y llevaba su pelo ligeramente plateado atado detrás de la cabeza.

—¿Cómo te sientes? —le preguntó con amabilidad.

—Me siento bien, pero confundido. ¿Dónde estoy?

—Estás en un lugar seguro en medio del bosque. No te preocupes por ello ahora.

—¿Quién eres? —preguntó Ikan.

—Soy Elisa, es largo de contar, en un momento te lo voy a explicar. ¿Te gustaría tomar algo de té?

—Sí. Muchas gracias.

—Antes de que te explique quién soy —ella hizo un paréntesis—, ¿te importaría decirme por qué te sientes tan confundido? por supuesto, aparte del hecho de estar en medio del bosque con alguien que no conoces.

—Aunque no sé quién eres, me inspiras confianza, siento como si te hubiera conocido toda mi vida. Estoy confundido porque de un tiempo para acá una serie de eventos negativos han afectado mi existencia sin una razón aparente.

—Te entiendo, algunas veces es difícil saber por qué nos suceden las cosas en el presente; tenemos el recurso de investigar su causa en nuestro pasado.

—Ya lo intenté, pero no encontré ninguna clave.

—Quizá no retrocediste lo suficiente para tener la historia completa. Necesitas traer todo a tu memoria. ¿Te gustaría que te ayudara a recordar? —Elisa le propuso con tono cordial—. No necesitarías compartir conmigo lo que recuerdes, si lo consideras de tu vida privada.

—Sí, agradezco tu ayuda. —Respiró Ikan tranquilo ante el ofrecimiento.

Elisa comenzó a hablar con tono pausado:

—Cierra tus ojos… relaja cada parte de tu cuerpo, incluyendo tus párpados…. tus labios… Concentra tu atención en tu frente, en el área del entrecejo. Relaja tu mente…

Lo tocó con su dedo índice en la frente.

—Ahora olvida el presente, y mira hacia atrás; no cuando eras adolescente, más atrás. ¿Recuerdas cuando recibiste aquel enorme muñeco de trapo a la edad de tres años?... ¿cómo se llamaba? Creo que le pusiste Tuno. ¿Lo recuerdas Ikan?

Él afirmó con la cabeza desde el estado profundo de relajación en que ya se encontraba.

—Muy bien, ahora viaja más atrás…aún más atrás… antes de que nacieras. Necesitas recordar tu deseo antes de venir a este mundo. ¿Cuál era el propósito que tenías que realizar? Tómate tu tiempo… lentamente…

Ikan continuaba yendo en un estado avanzado de relajación hasta que de repente el objetivo de su vida apareció en su mente y, acto seguido, comenzó a descender por una gigantesca espiral en la que gradualmente entró en un sueño profundo.

Tiempo después, las flamas de las velas fueron las primeras imágenes que Ikan percibió; se sentía bien, como de regreso a su refugio, respiró con alivio, y se dirigió a Elisa, quien permanecía a su lado.

—Creí que te había soñado, como si hubiera presenciado la experiencia de alguien que no era yo mismo.

—Lo expresas bien —asintió Elisa—, somos seres multidimensionales que funcionamos en distintos niveles a la vez; es difícil entenderlo y aceptarlo, porque en el nivel racional de tu vida diaria no eres consciente de cómo funcionas al nivel de la Mente Superior, excepto cuando tienes esos destellos de intuición en los que recibes inspiración para dar el siguiente paso.

Ikan reflexionó por unos momentos con la vista fija, sin parpadear.

—Ahora entiendo que me guiaste a sintonizarme a un nivel más elevado, y fui consciente de la tarea que debo realizar en mi vida.

—Así es, me da satisfacción que lo hayas logrado.

—Me aseguraste que lo que me fuera revelado no necesitaba compartirlo contigo.

—Es privado si así lo deseas.

—Siento la necesidad de comentarlo contigo —Ikan inclinó su cabeza hacia ella.

—Es tu opción, te escucho.

—Soy un científico. Tengo aptitudes en distintos ramos: electricidad, magnetismo, biología. Desde que era niño sorprendí a mis profesores con mis inventos, estudiaba por mí mismo, y hacía mis propias investigaciones. El ritmo de enseñanza en mi curso me parecía lento y aburrido; siempre sentí la escuela como una prisión a la que me habían enviado por el simple hecho de ser niño. Sería muy largo entrar en detalles.

»En la actualidad trabajo para una compañía eléctrica, y firmé un contrato de confidencialidad; no puedo dar información sobre la naturaleza de las investigaciones que realizo. Te voy a confiar que desarrollé la forma de transmitir la corriente eléctrica en forma inalámbrica, una nueva modalidad que volvería obsoleta a la actual infraestructura de la industria eléctrica, y afectaría en forma negativa los intereses de los inversionistas. Me amenazaron y me advirtieron que parara mi proyecto; no hice caso, proseguí con mis experimentos, y fui sujeto a una golpiza en que me hubieran matado de no haber sido por unos guardias de seguridad que lograron ahuyentar a los atacantes.

»Cuando venía volando en mi avión estaba resuelto a olvidarme de la ciencia; retirarme a un lugar pequeño y vivir de una manera sencilla en anonimato —Ikan frenó su plática y quedó en suspenso, como si luchara con un conflicto interno.

—Y esas intenciones que tenías en el avión durante tu vuelo, ¿fueron confirmadas como el paso a seguir en lo que te fue revelado en tu regresión? —preguntó Elisa.

—No, la revelación que tuve fue de seguir adelante con lo que me apasiona. De canalizar toda inspiración que tenga para crear innovaciones científicas que beneficien al mundo; en cierta forma es lo que estaba tratando de hacer, pero me topé con una gran resistencia por intereses creados que se oponen al cambio.

—Es entendible, vivimos en un mundo dualista: positivo, negativo. Frío, calor. avance, resistencia. Siempre tendrás fuerzas en contra, pero en la actualidad funcionamos en un sistema socioeconómico que se ha vuelto insostenible, y tienen que haber cambios; tú formas parte de ellos, ésa es tu tarea.

❧

Shivon y Ariana habían cruzado la frontera de Canadá con destino a Toronto.

—¿Qué tipo de propiedad tienes en mente? —preguntó Shivon.

—Me gustaría algo con naturaleza, prefiero evitar las zonas urbanas. Sé que no suena muy lucrativo, pero la plusvalía no es mi prioridad por el momento.

—¿Por dónde comenzamos? —pidió información, sintiéndose ya involucrada en el proyecto.

—Mi abogado me recomendó *Sotheby's* o *Christie's*, pero en la Universidad conocí a Max, un amigo que ahora tiene su propia agencia inmobiliaria y le va muy bien; le tengo confianza y quisiera apoyarlo.

A la mañana siguiente, Max, un hombre joven muy entusiasta, se apasionaba desplegando todos sus recursos en una presentación de propiedades para las dos jóvenes. Había un torrente de cifras, estadísticas y fotografías; en resumen, el número de opciones era avasallador. Ariana, algo abrumada, le solicitó a Max una pausa, y le pidió a Shivon que la acompañara fuera de la oficina.

—Le agradezco a Max su entusiasmo, pero me tiene mareada —Ariana se tomó la cabeza y sonrío—. Dale las gracias por favor, y dile que tenemos un imprevisto; me comunicaré con él pronto.

—¿Y entonces qué hacemos? —preguntó Shivon confundida.

—Ya veremos, algo saldrá.

❧

Ikan había avanzado en su recuperación, respondiendo a los cuidados de Elisa. Mientras compartía una taza de té con ella, le confesó:

—No quisiera sonar escéptico, pero ahora que ha pasado algo de tiempo, y que estoy más alerta, comienzo a dudar de mi reciente experiencia en la que tuve una regresión. Me explicaste que somos seres multidimensionales y que funcionamos en distintos niveles. No me mal entiendas, puedo aceptar que tengo un alma, pero…

—…No eres un humano que tiene un alma —lo interrumpió Elisa—, eres un alma que está teniendo una experiencia en un cuerpo humano.

—¿Y por qué querría mi alma tener una experiencia humana?

—El motivo es complejo para nuestro nivel de entendimiento, en realidad únicamente EL ABSOLUTO lo sabe. Los humanos hemos tratado de entenderlo a nuestro alcance, y con un razonamiento de una manera simplista te lo podría explicar de esta manera:

»En el ámbito espiritual no existe el tiempo ni el espacio, por lo tanto, no se puede experimentar el cambio. El universo está en constante expansión, y una de las formas como el espíritu se experimenta a sí mismo es mediante la superación de limitaciones. Las plantas se adaptan a condiciones climáticas cambiantes para sobrevivir, lo mismo hacen los animales, y qué decir de los humanos; cuando tenemos nuestras necesidades básicas cubiertas, nos imponemos limitaciones para seguir superándonos.

»Cuando eras niño aprendiste a andar en bicicleta con las rueditas adicionales traseras. Con posterioridad lograste pedalear sin ellas. Llegó el momento en que manejabas con destreza la bicicleta, y te impusiste un nuevo reto; le anunciabas a tus amigos: ¡ahora voy sin manos!, y había quienes se paraban en el asiento o se equilibraban de cabeza. ¿Me entiendes lo que te quiero explicar?

»El hombre que lanza cuchillos de manera automática en el circo alrededor de la dama que está contra una tarima, se impone una limitación más, y después lo hace con los ojos vendados. El trapecista que hace un doble giro en las alturas decide hacerlo sin red protectora, y los ejemplos son innumerables; la experiencia humana tiene por objeto superar limitaciones que la vida nos impone y cuando no las tenemos, las creamos.

»En lo que se refiere a cómo funcionar desde el nivel de la Mente Superior te lo debo para una futura explicación. Ahora necesito una taza de té y poner los pies en alto.

~

Ya más tranquila, Ariana se sentó al volante del auto, y ambas amigas comenzaron a circular en silencio por las calles de Toronto.

—¿Podrías dar vuelta a la derecha en la próxima esquina? —sugirió Shivon.

—Esa avenida nos lleva fuera de la ciudad, —aclaró Ariana.

—No es muy lejos, creo que existe un spa rústico que visité hace años.

A corta distancia llegaron a un agradable lugar con laberinto Zen y estanques de *Kois*.

—Ya veremos, me dijiste. ¿Has pensado en alguna opción? —recalcó Shivon.

—Nada todavía. Dale tú también pensamiento a ver si algo se te ocurre.

Era de madrugada y Shivon caminaba con tranquilidad por los jardines de la propiedad. Llegó un momento en el que sintió la necesidad de sentarse a meditar bajo un árbol. Pasaron varias horas. Mientras tanto, Ariana se paseaba con impaciencia por un corredor dentro del edificio. De improviso, Shivon apareció caminando en forma serena.

—Que daría por tener tu calma —exclamó Ariana—, dichosa tú que no tienes la presión del tiempo para cumplir la condición de un contrato.

—Tal como me solicitaste, he tratado de encontrar opciones, y creo tener algo. Dime cuando estés lista.

—Sirven desayuno en el jardín —propuso Ariana—, podemos escoger un sitio tranquilo.

Shivon depositó la taza vacía sobre el platito y comenzó a hablar en tono amistoso:

—Te sientes presionada por el tiempo al no tener en este momento una decisión. Tu reacción es normal; nuestro primer impulso es dialogar con nuestra mente para analizar nuestras opciones; el problema consiste en que la mente genera más dudas que respuestas, produce estrés, y llega un momento en que el temor se apodera de ti.

»Cuando me viste en meditación dejé de analizar. De ninguna manera significaba que estuviera inactiva, solo suspendí el diálogo con mi mente. El diálogo se estableció con la presencia silenciosa que existe dentro de todos nosotros, en el que te vuelves un observador. El objetivo es percibir más allá de los sentidos. Se trata de intuir una dirección a seguir más que saber cuál es el destino final, y una vez que captas cuál es esa dirección, avanzas confiada hacia lo desconocido.

—Amiga, ¡ me asustas! No eres la Shivon que yo he conocido todos estos años.

—Lo sé —asintió Shivon— En ningún momento he pretendido juzgarte ni decirte lo que debes hacer, la opción es siempre tuya. Te agradezco que me hayas dado este tiempo antes de poder explicarte mi posición. Por si te fuera de utilidad tengo una corazonada a seguir, pero repito, es tu decisión y no me ofendería si no la quieres seguir.

~

El inicio del día en el bosque era estimulante. En el ambiente había vitalidad y armonía. Ikan, reclinado en una silla mecedora se dirigió a Elisa.

—Con respecto a lo que te dije ayer no quiero parecer de criterio estrecho o mal agradecido. Como te platiqué, soy un científico, me baso en números, y analizo todo lo que se puede pesar, medir, detectar en el espectro electromagnético…, sin embargo, tu plática me ha hecho pensar; rompió barreras que me han impedido aceptar la posibilidad de una realidad que existe más allá de nuestros sentidos.

»Hace algunos meses suspendí una investigación que estaba realizando para encontrar el elemento que sirve de enlace entre el mundo visible y el mundo invisible. Este elemento es conocido por la ciencia como *Dark Matter*. Me preguntarás: ¿qué importancia tiene eso? bueno, mucha. Cuando se encuentre esa conexión podría ser la clave del acceso a otra dimensión, a un universo paralelo que vibra a una frecuencia distinta del nuestro.

»En mis experimentos ya logré que algunas partículas microscópicas pasaran al otro lado, por así decirlo. Trabajé en forma subrepticia, usando únicamente los recursos limitados de la compañía eléctrica en que trabajaba, y fui el primer sorprendido con el éxito de mi último experimento.

»La organización europea de investigación nuclear CERN en la frontera de Francia y Suiza, ha trabajado desde 1998 para tener acceso a portales hacia otras dimensiones. Cuenta con un presupuesto billonario, y la participación de alrededor de 100 países. Es el mayor proyecto mundial de lo que parecería ciencia ficción y casi nadie lo conoce.

Ikan se detuvo, y observó a Elisa.

—No quiero volverme demasiado técnico; no deseo aburrirte. Personas como yo no vamos a fiestas, no sabemos bailar; ¡ni siquiera he tenido tiempo para tener una pareja!

Elisa tomó con ambas manos el brazo de Ikan,

—¡Ni por un momento pienses que me aburres, encuentro fascinante la época que vivimos y lo que tú haces!

∼

Ariana experimentaba un conflicto: por una parte, existía la imagen de Shivon, la amiga que había conocido desde la niñez, en quien había confiado ampliamente y, en contraste, tenía frente a sí la nueva versión de una personalidad que se manifestaba con un sistema de creencias nuevo y desconocido para ella.

Shivon rompió el silencio incómodo que por un momento se había establecido entre ellas.

—Discúlpame si notaste un cambio en mí, lo que pasa es que te sentí presionada por el tiempo, y he tratado de ver cómo ayudarte; con el apuro, no te di ningún tipo de explicación previa. Déjame que te aclare:

»Si ayer hubiéramos razonado alternativas sobre las propiedades que te ofrecían, lo más probable es que nos habríamos equivocado ya que ninguna me latió, sin embargo, te confirmo que tengo una corazonada que puede confiarse. Sé que la forma en que te hablo carece para ti de bases concretas, lo único que te puedo decir es que sigo la misma guía interna que me liberó de mi enfermedad en el hospital.

Ariana percibió sinceridad en las palabras de Shivon y volvió a reconocer a la amiga de siempre.

—Estoy de acuerdo, ¿qué propones?

~

Ikan iba y venía pensativo con la mirada perdida hacia el bosque. En una pausa, le comentó a Elisa:

—Me quedé sin empleo, pero lo que me preocupa es que ni siquiera puedo volver hacia lo que fue mi oficina para rescatar mis notas. Tenía apuntes sobre mis experimentos de los últimos dos años, y lo más probable es que ya no existan, deben haberlos destruido.

—En realidad, quizás destruyeron el papel y pudieron haber borrado los discos de tu computadora —admitió Elisa—, sin embargo, toda la información permanece dentro de ti, nadie la puede destruir.

—Hay muchas cifras, yo no recuerdo todos los detalles.

—Todo lo que acontece en el universo queda grabado; nada se pierde y mediante el procedimiento adecuado, la información se puede consultar. En la India se denominan registros *Akashicos*; es el compendio de todos los sucesos humanos, incluyendo pensamientos, palabras, emociones y deseos. Solo un clarividente auténtico puede leer los registros. No obstante, en tu caso tú tienes acceso directo a tu información cuando la necesites.

—De nuevo me haces sentir como pez fuera del agua, pero me gusta oír tu buena noticia; te agradezco y me da esperanza para seguir adelante con tu ayuda.

~

Shivon y Ariana viajaban en auto sin rumbo fijo, recorriendo los bosques cercanos al área de Lennox.

—¿Tienes idea a dónde vamos? —preguntó Ariana desde el volante con diplomacia, para no interrumpir el proceso intuitivo de su amiga.

—No, pero vamos bien —contestó Shivon con la mirada aguzada, tratando de mantener su concentración .

Ariana se había resuelto a permanecer paciente, y optó por apreciar la placidez y belleza del paisaje boscoso. En una zona abierta de la arboleda, se advertía la entrada a un parque acuático de diversión. Afuera había un letrero de piedra: Oncología. Clínica de Recuperación. Shivon le pidió a Ariana que detuviera el auto a un lado del camino y, mirando el sitio con atención, afirmó:

—Creo que es importante visitar este lugar.

—¿El parque, o la clínica? El parque parece estar cerrado, quizá no opera.

Ambas se dirigieron al interior de la clínica y se encontraron con una mujer de bata blanca que venía de salida.

—¿Les puedo servir en algo? Soy la administradora del hospital.

—Buenos días, nuestra visita no está relacionada con los servicios médicos, en realidad necesitamos información para contactar a los dueños de la propiedad. Suponemos que el parque acuático y la clínica son parte de un mismo conjunto.

—Así es —respondió la administradora—, mi nombre es Nancy Aldrin. Si me acompañan a mi oficina podemos hablar del asunto.

La mujer las guío por los corredores del centro de salud, pasando frente a las habitaciones de algunos pacientes que se veían en estado lastimoso.

—¿Estás segura de que debemos continuar en este lugar? —preguntó Ariana algo aprensiva.

—Ahora más que nunca —susurró Shivon—. Ten confianza.

—¿Se les ofrece algo de tomar? —preguntó Nancy—, tenemos un té traído de la isla de Bali, se los recomiendo.

—Sí, muy amable.

—¿En qué les puedo servir?

—Somos inversionistas. Buscamos una propiedad con potencial ecológico. Consideramos que, en la actualidad, el dinero está mejor invertido en ladrillos y en tierra que muestren una cuenta en una red virtual bancaria.

—La historia se repite —comentó Nancy Aldrin—, mi abuela decía que la definición de progreso era tratar de que las cosas se mantuvieran tan buenas como eran en el pasado —Las tres sonrieron.

Nancy consultó la pantalla de su computadora para buscar datos que pudieran ser de utilidad para las visitantes:

—El dueño de la propiedad es *Magno Nickles*, un consorcio australiano. Operaron el parque de diversión acuático por solo un año y, a pesar de que estaba teniendo éxito, lo cancelaron el verano pasado por motivos que desconozco.

»Al hospital Metropolitano Canadiense le faltó espacio para la sección de Oncología, por lo que hizo arreglos con los australianos para montar su clínica en este lugar. Estoy imprimiendo todos los datos que necesitan para contactarlos. Si me dan unos minutos para unos asuntos que debo atender, podría darles un recorrido por la clínica si así lo desean, mientras tanto, siéntanse cómodas. Pueden solicitar más té tocando este timbre.

Poco después, Ariana salió de la oficina al baño de visitas, dejando a Shivon sumida en sus pensamientos.

Shivon tenía la impresión de que estaban avanzando en su proyecto, y disfrutaba de su té acariciando la taza con ambas manos. Descubrió una carita que se asomaba desde el umbral de la puerta, con ojos grandes, curiosos.

—¡Hola! —saludó Shivon con una sonrisa amistosa—. La pequeña figura se atrevió a entrar en la habitación. Se trataba de un niño como de unos cinco años, con la cabecita desprovista de pelo y el cuerpecito frágil, poco desarrollado para su edad. Perdiendo toda inhibición se acercó a Shivon y, haciendo un enorme esfuerzo, se estiró tratando de tocarle el pelo al tiempo que hacía una mueca que pretendía ser una sonrisa. Sin esperarlo, el niño cerró los ojos y se desvaneció cayendo a los pies de Shivon. Alarmada, se asomó al corredor y gritó pidiendo ayuda. La doctora en turno acudió de inmediato.

—¡Es Lucas! ¡no respira! —ordenó de inmediato a dos ayudantes que lo trasladaran a cuidados intensivos.

Shivon quedó sola en la habitación; tiritaba con intensidad presa de shock. En un instante, sin estar consciente de ello, la energía que había captado de la condición terminal del pequeño Lucas la había hecho revivir la forma en que ella se había sentido hacía sólo unos días atrás. Un escalofrío le corrió por la espalda. La invadió la duda: «¿Será cierto que me encuentro en remisión? ¿estoy en realidad sana?» Respiraba con agitación, le vino un zumbido en los oídos, luego la visión negra y perdió el conocimiento.

Elisa se acercó a Ikan, que hacía preparativos para su futura partida.

—¡Necesito tu ayuda! —le suplicó—¿podrías conducir mi viejo *jeep* para acompañarme a una clínica médica no muy lejos de aquí?

—¿Qué te sucede? ¿te sientes mal? —reaccionó Ikan alarmado.

—Yo estoy bien, pero prometí mi ayuda a alguien que en este momento la necesita.

El *Jeep* llegó apresurado a la entrada de la clínica. Ambos pasajeros se dirigieron al interior del recinto. Elisa y su acompañante fueron detenidos en la recepción porque no eran familiares de Shivon. Elisa argumentó que la conocía muy bien y que no era una paciente registrada en la clínica, sólo una visitante que necesitaba su ayuda. De inmediato la recepcionista consultó por teléfono con la doctora en turno, y obtuvo la autorización de acceso.

Elisa tomó con suavidad la mano de Shivon; estaba adormilada, como tratando de evadirse de una realidad que no quería afrontar.

—Shivon, soy Elisa, vengo para estar contigo… estás cuidada, segura…de aquí no me muevo… descansa…

Tras dormir un rato, abrió los ojos:

—Elisa, pensé que te había soñado.

—Lo sé, lo mismo me dijo alguien más hace unos días.

—¿Qué sucedió? ¿por qué estamos aquí? —balbuceó, mientras recobraba la conciencia.

—¿Qué es lo último que recuerdas?

La expresión de Shivon se ensombreció al comenzar a recordar lo traumático del incidente.

—¿Cómo está el niño? —Con un rápido movimiento se incorporó contra la cabecera de la cama.

Elisa la tomó con ambas manos y tratando de calmarla le explicó que el ciclo de Lucas en este mundo físico había llegado a su término; su propósito estaba concluido. El haber sido ella testigo de su transición la había impactado por encima de su control emocional, y era probable, que, al haberla tomado por sorpresa, le había traído una vivencia de lo que había sido su propio sufrimiento hacía poco tiempo.

—Lucas está bien en este momento, y tú tienes mucho camino por delante —Elisa se dirigió a ella esta vez con un tono más grave—. Necesito que me escuches con atención: el mantener la conciencia alerta no se limita sólo a tus períodos de meditación, o cuando afirmas tus intenciones, la conciencia espiritual debe mantenerse las veinticuatro horas del día, es la única manera de estar en estado receptivo para tener las experiencias positivas que quieres manifestar en tu vida. Recuerda que el temor es una emoción; una emoción está cargada de energía, y la energía se manifiesta en tu realidad, por lo tanto, recuerda que también puedes atraer lo que más temes. Todo esto tú lo sabes, a tu nivel estás por encima de ello; ¡no bajes la guardia!

Shivon asintió —Tienes razón Elisa, la vulnerabilidad del enfermito me desarmó, me tomó por sorpresa. Ahora entiendo que puedes tener compasión y empatía por el dolor ajeno sin invalidarte a ti misma.

Una enfermera solicitó a las visitantes que desalojaran la habitación por unos minutos para examinar a la paciente.

Mientras esperaban en la sala de visitas, Ariana no había dejado de observar a Elisa. La cara de la mujer le era familiar, pero no acertaba a recordar dónde la había visto con anterioridad. Elisa sintió la mirada de Ariana y se dirigió a ella:

—Me alegra ver que lograste tu objetivo.

—¿A qué te refieres, me conoces? —Ariana se sintió descubierta.

—No podría decir que te conozco, pero recuerdo nuestra plática.

—Disculpa, ¿dónde nos vimos?

—¿Te recuerda algo, la noche de la lectura de las tazas de café?

—¿Eres tú… en realidad?

Ariana reaccionó con una mezcla de sorpresa y vergüenza por no haberla recordado al momento.

—Discúlpame, nunca he sido buena fisonomista, pero recuerdo muy bien los detalles de nuestra conversación. ¿Cómo sabes que logré mi objetivo?

—Alguien dijo que, si quieres aprender bien algo, enséñalo. ¿Me podrías explicar cómo fue tu proceso para solucionar tu caso?

Ariana comenzó su relato:

—Mis necesidades materiales siempre han estado cubiertas; sin embargo, en aquella época sentía mi vida estática, y había vivido con un volcán interno de energía. Sentía la necesidad de tener los recursos para explorar nuevas oportunidades, ampliar mis opciones y compartir experiencias productivas con el mundo.

»Recuerdo que para lograr que los recursos se manifestaran en mi vida, practicaba un método de control mental que consistía en afirmaciones. Me explicaste que cuando las afirmaciones carecen de emoción, no tienen la energía para manifestar la intención en tu realidad; por lo tanto, quedan sólo en solo palabras.

»También me hiciste ver, que al yo insistir en obtener lo que "me faltaba", esa sola insistencia evitaba que mi intención se manifestara en mi vida. Al mantenerme en el estado vibratorio de: "me falta, no lo tengo", generaba un estado vibratorio de 'carencia', cuya energía continuaba manifestándose en mi realidad; lo semejante atrae a lo semejante. Me sugeriste dejar de estar pendiente del resultado de algo que 'no tengo', y en mi caso, en lugar de hacer peticiones, más bien debía seguir mi vida diaria agradeciendo a cada paso mis beneficios. ¡Y bien lo dijiste!, aquí estoy con recursos en mis manos, al lado de mi mejor amiga explorando un proyecto.

Elisa sonrió cerrando sus párpados con satisfacción.

—Quizá no te reconocí —Ariana prosiguió—, al verte tan cambiada, sin los harapos con que vestías el día que te conocí. ¿Te puedo preguntar si lo estabas pasando mal?

—La noche que me conociste cambió mi vida. La mujer andrajosa que pidió ayuda en la residencia de Shivon era una persona que, abrumada por circunstancias adversas, se había identificado con las limitaciones de su personalidad. El ego es una identidad que se cree separada de la Unidad Espiritual, que piensa: yo estoy aquí y el Universo allá en lo alto, indiferente a mis llamados de auxilio; y como tú lo creas, así será para ti.

»La noche de la lectura de las tazas de café me hizo despertar, darme cuenta de que estaba engañada por un espejismo. Al tener interacción con cada uno de ustedes esa noche, antes de dar una respuesta, evaluaba en cada caso la idea que aparecía en mi mente; «lo que le voy a decir a esta persona», me preguntaba a mí misma:

«¿Fortalece?, o controla».

«¿Integra?, o aísla».

¿Es Positivo?, o es negativo.

¿Está basado en amor?, o en temor.

»Como tú recordarás, el consenso al final de las sesiones fue positivo. Los participantes sintieron haber tenido respuestas a sus incógnitas, pero te debo aclarar que el beneficio fue mutuo. Yo recuperé mi centro, mi verdadera identidad.

Una enfermera les avisó a Elisa y a Ariana que podían regresar al cuarto de Shivon. Al entrar en la habitación la encontraron mucho más animada y convencida de que debía ser dada de alta.

—Hay una persona muy especial que conocí hace poco tiempo, me acompañó el día de hoy para venir a ver a Shivon y me ha estado esperando con paciencia durante horas aquí en la clínica. Me gustaría que lo conocieran, ¿lo llamo para presentárselos? —propuso Elisa. Ambas aceptaron.

Ikan saludó y se dirigió a Shivon.

—Me alegra que estés bien; le diste un buen susto a Elisa, veo que te aprecia mucho.

—El sentimiento es mutuo —Shivon examinó al recién llegado con la mirada.

Después de conversar unos minutos sobre la atención del hospital, Ariana intervino:

—Ha sido un día largo y nos caería bien atendernos. ¿Qué les parece si los invito a comer en algún lugar tranquilo para conocernos un poco?

—¡Si, yo no quiero comida de hospital! ¡Llévenme con ustedes! —bromeó Shivon incorporándose de la cama.

Konnect

En una hostería de tipo campestre los cuatro se relajaban a la hora de la sobremesa. Brindaron por la salud de Shivon, y Elisa tomó la palabra:

—De alguna manera siento que contamos en este momento con una oportunidad muy especial al estar los cuatro reunidos, y debemos aprovecharla. Me gustaría proponer que cada uno de ustedes exprese el aspecto más importante que les venga a su mente relacionado con la experiencia que acabamos de tener por el incidente de Shivon. Si les parece bien, sugiero que comience Ikan.

Por su carácter introvertido, a Ikan le resultaba difícil convertirse de repente en el centro de atención. Un poco nervioso comenzó a relatar:

—Mi historia es larga y contiene muchos detalles referentes a mis estudios, lugares de residencia y mi vida familiar ya que fue sujeta a muchos cambios. Por el momento me voy a centrar a lo que Elisa nos solicitó: "comentar sobre el aspecto más importante que venga a mi mente relativo a la experiencia que compartimos con el incidente de Shivon".

»Soy científico, estudié en Cambridge y en el Instituto Federal de Tecnología en Zúrich Suiza conocido como *Poly*. Me dedico a la investigación en varios ramos de la ciencia, pero voy a hacer alusión en este caso sólo al biológico.

»Durante la crisis de Shivon el día de hoy, estuve varias horas en la clínica en espera de Elisa. Durante ese tiempo observé el funcionamiento del lugar, incluyendo el transitar de algunos enfermos de distintas edades. No pude evitar experimentar empatía por el sufrimiento que advertía en los pacientes. Vinieron a mi mente experimentos que realicé años atrás para estudiar la relación entre las emociones y algunas enfermedades.

Ikan se detuvo, reflexionó por unos instantes y prosiguió:

—Aclaro que no es mi intención crear controversia ni hacer una crítica destructiva sobre algo o alguien. El motivo por el que comencé mis experimentos se debió a que tenía la impresión de que la medicina en el mundo occidental se había enfocado a tratar los síntomas con medicamentos caros y aparatos de alta tecnología, pero en general no soluciona la causa de las enfermedades, y no culpo a nadie, ya que en algunos casos no existen enfermedades sino enfermos; me refiero concretamente, a enfermedades degenerativas o las del sistema inmune en que no son responsables ni virus ni bacterias.

»Mi objetivo ha sido encontrar una solución para eliminar la afección de los enfermos, no sólo darles paliativos. Como ustedes saben, funcionamos y nos movemos con energía vital; en China la conocen como Chi, en la India es prana. En Grecia se denomina éter. El concepto es el mismo y aplica para seres humanos, animales y plantas.

»Durante mis investigaciones, trabajé con algo similar a lo que ya se había realizado con anterioridad. Se trataba de la cámara concentradora de energía vital construida por Wilhelm Reich, psiquiatra austriaco. Era una cámara que tenía un tamaño suficiente para acomodar dentro de ella a un ser humano. El procedimiento consistía en concentrar energía vital dentro y alrededor de la persona durante una media hora y, según el caso, la sesión se repetía una o dos veces más. En su libro *The Cancer Biopathy,* Wilhelm relata los casos de remisión en enfermos de cáncer, que logró con su cámara a la que denominaba *Orgon Accumulator*. La Teoría de la Conspiración habló en su época que el resultado de su sistema había sido tan exitoso que se convirtió en una amenaza para el negocio de la industria médica. el FDA lo declaró un charlatán y lo encerró en la cárcel federal. Sus estudios y equipos fueron quemados y, dos años más tarde, cuando Wilhelm Reich estaba a punto de ser liberado, murió en la cárcel en 1957.

»Las especificaciones de la cámara de Wilhelm se perdieron cuando sus estudios fueron destruidos; sin embargo, decidí montar un pequeño laboratorio en Indonesia, y procedí a construir mi propia versión de ella sobre las bases que Wilhelm había utilizado, una combinación de elementos orgánicos e inorgánicos. Tras de experimentar durante algún tiempo con plantas y animales, comencé a utilizar la cámara con seres humanos.

»El resultado fue en su inicio exitoso. Una vez que el enfermo había sido sometido a varias sesiones en la cámara, su energía vital quedaba restablecida y, como resultado, la afección desaparecía quedando el enfermo curado.

»El problema es que los acertijos que nos presenta la vida no siempre son tan fáciles de resolver. Aunque la cámara que desarrollé aparentaba ser un éxito, pasado un tiempo el paciente volvía a presentar el mismo cuadro, la afección recurría.

»Un día me encontraba frustrado por no lograr curaciones permanentes con el resultado de mi trabajo. Yo había empleado a un asistente de edad avanzada con el fin de ayudarlo. Su nombre era Ari. Él se acercó a mí y me explicó:

» 'Con profundo respeto quisiera mencionar algo sobre el trabajo que usted realiza, en el que yo con modestia colaboro' —Por supuesto Ari, le respondí.

» 'Usted me ve a mí como un cuerpo sólido opaco. En mi caso, yo puedo afocar mi visión de tal manera que lo veo a usted como un circuito eléctrico con muchas líneas de energía circulando en armonía a través de todo su sistema. Cuando se generan emociones negativas, como frustración o sentido de culpa, éstas bloquean o desvían el curso de esos canales de energía. Si la emoción negativa se vuelve crónica, ocasiona que se manifieste físicamente, dando lugar a una afección o enfermedad; puede ser desde un dolor de cabeza, una úlcera, hasta un cáncer, según sea el caso. La cámara que usted ha construido en realidad restablece el curso correcto de los canales de energía, sin embargo, si la persona no modifica su emoción negativa, o su sistema de creencias, el cuadro patológico se vuelve a presentar. La curación debe venir desde el interior del sistema vibratorio de la persona.

» 'Discúlpeme por haberle dado este comentario sin que me lo haya solicitado'. Ari se inclinó en señal de respeto y salió del laboratorio. No lo volví a ver nunca más.

—Todo esto sucedió hace unos seis años. El comentario de Ari me dejó perplejo. Como hombre de ciencia, no supe en qué forma seguir adelante. Lo suspendí todo; sin embargo, siento que las claves están presentes y el trabajo debería continuar…

»En aquella época la vida me llevó por otro camino. Me mudé a Chicago, donde he trabajado en el campo de electricidad y magnetismo y con esto concluyo mi comentario.

Los cuatro miembros del grupo se quedaron en silencio. En la atmósfera mental que compartían había una tormenta de ideas que sugería opciones, imágenes, proyectos, deseos, dudas…

Ariana tomó la iniciativa:

—No sé ustedes, pero yo tengo una revolución interna de información que necesito procesar. Estoy de acuerdo con Elisa que contamos en este momento con una oportunidad muy especial al estar los cuatro reunidos y debemos aprovecharla. Siento que es muy importante que cada uno de nosotros prosiga con su comentario, pero propongo un descanso, me sentiría muy complacida si aceptaran que extienda mi invitación para alojarnos en esta hostería. No creo que encontremos otra opción en muchos kilómetros a la redonda y nos mantendríamos concentrados en un solo lugar.

Elisa levantó las cejas e hizo la mímica de un aplauso silencioso. —Muy buena decisión, mañana te toca exponer tu comentario. —Con ambas manos en prannam, se despidió de todos.

Los cuatro del grupo descansaban, dormían… no obstante, seguían activos a otro nivel; el espíritu tiene infinitas formas de superar obstáculos materiales, los humanos somos sus pies y manos en el mundo físico.

Ariana

A la mañana siguiente, el grupo tomaba desayuno en el jardín de la hostería. Imperaba el buen ánimo, y el trato personal había descartado la formalidad a cambio de interacción con sentido del humor. Ikan era el único que se mantenía circunspecto. Su proceso de raciocinio era preciso y tendía a interpretar los comentarios de una manera literal. En todo el tiempo que Elisa había compartido con él, no lo había oído soltar una carcajada. A pesar de ello, el hombre era cálido y sentía empatía por el bienestar de los demás.

Llegó el momento de que Ariana ofreciera su comentario. El grupo guardó silencio y escuchó con atención:

—Mi vida ha tenido pocos matices. Crecí en un ambiente de privilegio, protegida de riesgos y peligros mundanos. Por contar con un patrimonio considerable, mi familia me orientó a estudiar Administración de Empresas. Me gradué en New York University, Stern School of Business.

»Mis padres tuvieron la suerte de que yo no les diera los dolores de cabeza que los estudiantes suelen dar a esa edad. Fui tranquila, evité el alcohol y no me dio por experimentar con drogas.

»Fui condicionada a planear, proyectar y vivir de una manera predecible…. Hasta que llegó un momento en que sentí que no estaba utilizando mi potencial. Necesitaba nuevas experiencias, superar obstáculos que me permitieran adquirir sabiduría, y a la vez volverme más fuerte y segura de mí misma. En ese momento crucial entró en escena mi amiga Shivon. Me ayudó a tomar decisiones en lo que ahora veo como el camino correcto. Soy emprendedora por naturaleza, y tengo en mente desarrollar un Centro de Investigación y Servicio para el bienestar humano. Es probable que pudiera iniciarlo en la localidad del parque acuático, que incluye la clínica en que estuvimos ayer.

»Antes de venir a Canadá hice trabajo de investigación y contraté consultores; a pesar de ello, la planeación resultó limitada. Sólo me trasladó de Nueva York a Toronto. En cambio, la sincronía orquestada por un orden superior ha enlazado en las últimas cuarenta y ocho horas una serie de eventos y personas que hubiera sido imposible planear y conectar de otra manera; me refiero a nosotros cuatro que estamos aquí reunidos por alguna razón. Esto es todo por el momento.

—Gracias por tus palabras, Ariana; nos has dado importante información para que consideremos nuestras opciones —Elisa se volteó hacia Shivon—: ¿Te gustaría darnos tu apreciación ahora?

Ella asintió con la cabeza y comenzó a hablar con serenidad:

—Antes que nada, quiero agradecerles el apoyo que me han dado durante mi estadía en el hospital; a la vez, entiendo que mi problema sirvió para que nos reuniéramos, y por alguna razón estemos juntos aquí compartiendo nuestras ideas. El comentario que puedo hacer sobre mi incidente se resume a que soy una obra en proceso; me ha servido como una llamada de atención para no perder la visión de quiénes en realidad somos y de nuestra capacidad para superar los obstáculos que la vida diaria nos presenta.

»En los últimos dos años, he estado sometida a una serie de retos de salud que me han llevado a la introspección y, como resultado, a desarrollar mi capacidad intuitiva. Durante el tiempo que hemos estado compartiendo juntos he sentido que un propósito con múltiples posibilidades está tomando forma; solo les pido que me permitan estar incluida en ello. Estoy dispuesta a dar lo mejor de mí. Muchas gracias.

Elisa aceptó con un gesto de conformidad y procedió a resumir, con un brillo especial en sus ojos, al sentir la unidad del grupo.

—Comparto el sentir de Shivon de que aquí, ahora, con nosotros, algo está tomando forma. Sugiero que nos tomemos un tiempo para procesar la información que hemos recibido, y pasado mañana nos reunamos para ver si tenemos algo concreto para proponer; eso implicaría seguir aquí hospedados para mantener el contacto. Someto a votación: ¿quién a favor? —Todos aceptaron.

No se volvió a tocar el tema durante el resto del día. Cada uno de los integrantes del grupo atendió personalmente a sus intereses.

La noche en la hostería estaba agradable. El cielo estrellado, el aire limpio con sonidos de grillos y algunos pájaros nocturnos. Shivon, disfrutaba sentada junto a un riachuelo, admirando el cortejo luminoso de las luciérnagas. Ikan se acercó a ella algo tímido, como no queriendo interrumpir la serenidad del momento:

—¿Te interrumpo si me siento aquí?

—De ninguna manera. Este lugar es muy agradable —Shivon señaló un sitio a su lado con un golpecito de su mano.

—Ahora que veo el agua corriendo, recuerdo que vi información en la hostería sobre un río que pasa cerca de aquí, como a un kilómetro de distancia. El agua es transparente en esta época del año y existen muchas variedades de peces. En la hostería tienen

visores disponibles y venden algunos trajes de baño… horribles —
Ikan sonrió—. Mañana tenemos día libre, si te animas, podríamos
explorar el área.

En las orillas del río, la vegetación era exuberante. El agua
cristalina circulaba suavemente. Las figuras
de Ikan y Shivon, equipadas con visores y
aletas, parecían flotar como suspendidas
en un espacio luminoso. Los rayos de
luz se filtraban, dando a la escena un
aspecto mágico. El deslizamiento en
silencio le dio a Shivon la impresión
de que el tiempo se había detenido y
había olvidado por completo la existencia
del mundo exterior. El paisaje subacuático
mostraba peces de diferentes variedades, y a través
de la flora, en el fondo del río, le divirtió ver como se asomaban
algunos cangrejos...

Un tronco de árbol caído atravesado sobre el agua les sirvió
de apoyo para tomar un descanso.

—¿A dónde va a dar este río? —preguntó Shivon retirándose
el visor de la cara.

—No lo sé. Hemos avanzado a una distancia mayor de lo que
el mapa mostraba en el hotel, ¿te gustaría emprender el regreso?

—No, me encantaría seguir, estoy disfrutando la variedad del
paisaje subacuático. ¿Te importaría continuar unos minutos más? —
Shivon revivía el entusiasmo de sus años de niña ante el placer puro
y limpio que le ofrecía este contacto con la naturaleza.

Al llegar a una zona rocosa, el río daba una curva y sucedía algo tan inesperado, que la pareja de nadadores jamás lo habría imaginado. Junto a una enorme roca, a unos veinte metros de distancia, la tierra parecía tragarse al río que desaparecía de repente para convertirse en una corriente subterránea.

Shivon escuchó un ruido a la distancia, como el de una coladera gigantesca y notó que los peces nadaban en dirección opuesta a la corriente, Al sacar su cabeza fuera del agua descubrió horrorizada que ambos estaban a punto de ser succionados a unos metros de distancia.

—¡IKAN! —gritó ella lo más fuerte que pudo, pero él estaba bajo el agua y no la oía. Shivon se apresuró y, como último recurso, lo jaló del pelo, a lo que Ikan reaccionó con sorpresa y en menos de un instante se dio cuenta de la situación. Con el esfuerzo desesperado de ambos, lograron sujetarse de unas ramas en la orilla y se arrastraron fuera del agua sobre la yerba, donde cayeron exhaustos.

Permanecieron un tiempo en silencio, con los ojos cerrados, antes de recobrarse de su angustiosa experiencia.

Ikan inició el diálogo con un tono positivo, sin tocar el tema de lo que podría haber ocurrido.

—Me salvaste la vida —le dijo conmovido—. Hoy tuviste un reto más para seguir desarrollando tu nivel intuitivo.

—Así es. Discúlpame por haberte involucrado en mi reto —respondió mirándolo con afecto, todavía recobrando el aliento.

Una Historia Insólita

Durante su regreso a la hostería, Shivon e Ikan casi no habían cruzado palabra. Tras media hora de caminata decidieron tomar un descanso en un recodo apacible del río.

—Ikan es un nombre fuera de lo usual, ¿cuál es su origen?

—Es maya, mi padre era maya; Ikan Cumatz.

—Pero tu nombre es Ikan Stoll, no Cumatz —Shivon pareció buscar una aclaración, con un gesto de sorpresa con el ceño.

—Mi madre era suiza, Martina Stoll, uso el apellido de mi madre.

—¡Muy original! Padre maya y madre suiza. ¿Cómo se encontraron? Me fascinan las historias de cómo se encuentran las parejas. ¿Me contarías la de tus padres?

—Es una historia insólita… no sé…

—Tenemos mucho tiempo, es nuestro día libre; a menos… que lo consideres privado —inclinó la cabeza comprensiva.

—No soy un buen cuentista —se disculpó Ikan —, me es difícil ponerle color a una historia. Sin embargo, ayer mencionaste que eres una "obra en proceso" en tu parte psíquica, así es que quizá mi mal relato se mejore con tus dotes de clarividencia y visualización.

—Como en la mejor película —Shivon respondió con un gesto teatral.

Ikan inició su relato haciendo un esfuerzo para no titubear:

—Mi madre, Martina, era científica. Se especializaba en química y biología. Había sido enviada por una agencia del gobierno suizo a la Biosfera Maya en Guatemala. El objetivo era apoyar el esfuerzo del gobierno para proteger los bosques y la fauna. Los habitantes locales agobiados por la pobreza quemaban los bosques para sembrar maíz. La biosfera tropical estaba desapareciendo a un ritmo alarmante. Mi madre podía instruir a los habitantes locales con alternativas para vivir de la tierra de una manera sustentable, sin destruir los bosques.

»Su trabajo era muy difícil; vivía haciendo largas incursiones a lugares remotos en la selva. Dependía de Canek, un fiel intérprete que le traducía del maya a un mal español. Durante sus exploraciones recolectaba especímenes de plantas con supuestas propiedades curativas que en su momento eran estudiados en forma científica.

»Al año de trabajar en el área, se habían recuperado muchas hectáreas de bosque. Los habitantes, al haber logrado trabajar con la madera de una manera renovable, habían suspendido la práctica de quemar el bosque para plantar maíz.

»Por la dureza de las condiciones en que Martina trabajaba, estaba cansada, y un día cayó con fiebre. Se encontraba en un lugar remoto en la selva y no se podía mover. Le enviaron antibióticos desde El Centro de Enfermedades Tropicales, pero los medicamentos no lograron resolver su caso; la fiebre no cedía. Su fiel intérprete, Canek, solicitó la ayuda del herbolario local y fue así como conoció a mi padre Ikan Cumatz, hombre recio, de mirada penetrante. La gente del lugar lo respetaba y lo tenían en gran estima porque le atribuían que había salvado muchas vidas.

»Cumatz examinó a Martina y dijo que los antibióticos no tendrían ningún efecto sobre el mal que la atacaba. Dio instrucciones para que la trasladaran junto al recodo de un río cercano y procedió a instruirla en una forma de *pranayama* que consistía en lo que en la actualidad conocemos como respiración diafragmática.

»Cumatz supervisó con atención que Martina mantuviera el ritmo respiratorio que le había indicado. En algún punto del proceso, Martina comenzó a experimentar que los dedos de las manos se le paralizaban, y en ese momento Cumatz ordenó que la sumergieran en las aguas del río con solo la cara sobre la superficie. Al cabo de un tiempo, Martina se sintió mejor y la sacaron del agua dejándola reposar abrigada hasta que se recuperara.

» Cuando mi madre se sintió mejor, quiso ver a Cumatz para agradecerle su intervención, pero él se había ido.

»Ese mismo día, Martina recibió un mensaje del centro suizo que le solicitaba su regreso a la brevedad posible. Ella me confió que cuando le indicaron que su tarea estaba concluida y debía regresar a Suiza, en su interior se inició una lucha interna. Sentía que su tarea debía continuar; que había intereses de lucro que se oponían a la protección de los bosques y ella, con su esfuerzo, podía apoyar a los lugareños para que defendieran sus tierras.

»Antes de regresar a Suiza, Martina se presentó una tarde en la choza de Cumatz:

'Debí haber venido con mayor prontitud a verlo, sólo que me dieron noticias que me han cambiado la vida', Martina le comunicó un tanto abatida.

'¿Venir a verme? ¿Se siente mal todavía?' Cumatz reaccionó circunspecto.

'De salud me siento bien, gracias a usted. Se trata de la organización para la que trabajo. Me ordenaron regresar a Suiza, sin embargo, yo me he trasplantado a este lugar, mi vida cubre un propósito aquí'.

'Usted dice querer actuar donde su servicio sea de utilidad, por qué no le deja al Creador que se encargue de los detalles'. Cumatz le sugirió ecuánime.

Martina no dejaba de observar los rasgos enérgicos de Cumatz; su ceño sobrio, formal, sin embargo, en su mirada había ternura.

'He recolectado un sinnúmero de especímenes de plantas que se usarán en estudios de laboratorio en mi país; si usted me pudiera ayudar con la descripción de las virtudes curativas de cada planta, se podría ahorrar mucho tiempo con mejores resultados. Si estuviera de acuerdo en venir a Suiza, sería bien remunerado y yo me encargaría de todos los arreglos'.

Cumatz reaccionó con mesura:

'Aquí nací y aquí he vivido siempre. La naturaleza me ha revelado muchos de sus secretos. Soy útil para mi gente, ellos no tienen doctores ni hospitales. Cada grupo humano tiene su propia tarea a cumplir, y la mía está aquí'.

Ikan se detuvo en la representación que estaba actuando en forma de diálogo...

—¡Lo estás haciendo muy bien! ¡eres un excelente cuentista! —Shivon lo alentó con efusividad.

—La parte que sigue es difícil de entender, pero no tengo otra opción para poder contestar a tu pregunta con veracidad. No podré reproducirte el diálogo porque mi madre lo mantuvo privado, esta parte ella solo me la explicó someramente.

»La misma tarde que ella fue a ver a Cumatz, experimentó varias emociones en conflicto; era indudable que lo admiraba por su integridad, le tenía gratitud por haberle salvado la vida y le fascinaba el destello de inteligencia que había en su expresión; a la vez la descorazonaba el que Cumatz no quisiera ir a Suiza y estaba abatida por tener que dejarlo todo para regresar a su país.

»A este nivel no conozco los detalles, lo único que mi madre me confió es que necesitaba llevarse algo del mundo que la había hecho feliz. Ella no se había casado ni tenía interés en buscar pareja; no obstante, deseaba ser madre y, quería que una parte de ese mundo

se fuera con ella a Suiza. Se embarazó de Cumatz y partió de regreso; lo mantuvo como un recuerdo el resto de su vida, y no volvió a saber de él.

Al terminar su relato, Ikan se dio cuenta que Shivon sollozaba en silencio. Intentó consolarla, pero no supo qué decir.

—No me hagas caso —Shivon se disculpó con calidez—, tu historia es conmovedora y con todo, gracias a ella estás aquí y tengo la oportunidad de conocerte.

Esa misma noche sonó el teléfono en la habitación de Ikan.

—Hola Ikan, habla Ariana; si estás disponible, ¿podríamos hablar un momento?

—Por supuesto, ¿qué se te ofrece?

—¿Te podría ver en el jardín?

—Claro, bajo enseguida.

Ambos caminaban en calma por los senderos del jardín. Ariana mantenía su tono formal:

—Recuerda que mañana nos reuniremos para comentar posibles opciones. Me parece muy interesante el campo de investigaciones a que te dedicas y agradecería que me dieras tu opinión sobre el proyecto de inversión que tengo en mente. Hoy inicié la comunicación con un consorcio australiano, dueño del complejo, que incluye el parque acuático y la clínica. Están abiertos a vender la propiedad, y a mí me parece una buena inversión como terreno; sin embargo, mi interés no es solo económico, me gustaría utilizar las instalaciones para desarrollar un Centro de Investigación de utilidad pública. Podría formarse como una empresa no lucrativa. Mi pregunta para ti es la siguiente: ¿podrías tú revisar la propiedad y hacerme un análisis de su potencial?

Ikan se quedó pensativo, al tiempo que en su interior nacía una chispa de entusiasmo.

—Sí, me gustaría mucho hacerlo. ¿Cuánto tiempo tenemos?

—¿Te bastaría una semana?

—En principio sí, ¿lo podemos comentar mañana en la junta?

—Por supuesto, creo que será una buena noticia.

Al día siguiente, Ariana informó al grupo de los planes iniciales de su proyecto, y se llegó a un acuerdo de que los cuatro: Elisa, Ikan, Shivon y Ariana fueran socios fundadores de una nueva organización no lucrativa que se denominaría Konnect.

Tres Meses más Tarde

La propiedad fue adquirida por Ariana, y se adaptaron viviendas y oficinas para los socios en el área de lo que había sido el parque acuático.

Ikan convocó a una reunión de socios para exponer su idea:

—Tenemos en nuestro terreno la clínica de Oncología, y se me ocurre que podríamos proponerles una terapia alternativa para el cáncer a la par con el tratamiento tradicional que ahí practican. ¿Recuerdan cuando les mencioné mi versión de la cámara concentradora de energía en principio desarrollada por Wilhelm Reich? He pensado en algunas modificaciones, y creo que podríamos tener buenos resultados. También recuerden que a pesar de que la cámara restablece el curso correcto de los canales de energía en el cuerpo humano, a la vez es necesario asistir al paciente para que modifique sus emociones negativas, de manera que el cuadro patológico no se vuelva a presentar. Correspondería a Elisa y a Shivon atender la parte síquica de la persona. Si estamos de acuerdo, podríamos proponer el proyecto de inmediato al Hospital Metropolitano Canadiense.

Lo Que el Tiempo Arregla

Los tratamientos con la cámara concentradora de energía estaban resultando muy positivos. Elisa y Shivon daban terapia de soporte a los pacientes utilizando meditación guiada, visualizaciones, e hipnoterapia. Nancy Aldrin, directora de la clínica, no había sido muy entusiasta para apoyar la nueva forma de terapia a pesar de sus evidentes beneficios, y había optado por mantenerse al margen.

Una asistente de recepción le informó a Shivon que había un visitante esperándola, que decía ser su hermano Arturo.

—Hola Sis —Arturo la abrazó con entusiasmo—. Luces aún mejor de lo que te vi la última vez. Como de costumbre, tenías razón cuando rechazaste mi propuesta de trabajar en el consorcio Robinson. Seguir tu propio camino ha sido lo más acertado. Yo mismo no estoy tan involucrado en la operación diaria de nuestra empresa, la verdad es que no es mi personalidad. Pero ¡cuéntame de ti! ¿Estás contenta?

—Trabajo con unas personas admirables, ya te las presentaré; una de ellas es mi amiga Ariana, que tú conoces. Te puedo relatar en detalle los aspectos de la organización que acabamos de formar, dedicada a la investigación para aplicaciones de bienestar público. Es complejo, así que espero que hayas venido con tiempo.

—Sis, para ti todo el tiempo del mundo, además te vengo a contar una historia; ¿tienes tú ahora tiempo para mí?

—Te escucho.

—Papá conoció a una joven durante su época universitaria, su nombre es Teresa. Vivieron juntos un tiempo, pero llegó un momento en que se dieron cuenta que su relación no iba a ser de compromiso matrimonial y cada uno decidió seguir su vida por separado, como amigos muy cercanos. Nuestra madre sabe que papá ha mantenido todos estos años una comunicación ocasional con Teresa. Parece ser que se han dado apoyo el uno al otro en su calidad de confidentes, pero nada más. ¿Por qué te cuento todo esto?

»Teresa se enfermó de cáncer, su prognosis no era muy alentadora porque se detectó cuando ya iba en la 4ª etapa. Teresa nunca se casó y vive sola, y aquí es donde entras tú: papá la internó en el Hospital Metropolitano hace dos meses, y Teresa tuvo una asombrosa curación; la dieron de alta hace dos semanas.

Shivon miró a Arturo con desconcierto.

—¿Te refieres a Teresa Sullivan?

—¡Ella misma Sis, le salvaron la vida en este lugar! Teresa le relató a papá con todo detalle su experiencia en la cámara, y sobre todo se expresó con mucho agradecimiento de las sesiones de meditación guiada que le diste; ella está consciente que con tu ayuda logró liberarse de varios pasajes negativos que la agobiaban. Ahora se siente liberada.

»El evento que te platico ha cambiado en forma radical a papá. Está muy arrepentido de haberte cortado de su vida, y no sabe cómo darte la cara. Hizo arreglos con los abogados y te reinstituyó como heredera en la parte que te corresponde; también volvió a activar tus cuentas bancarias. ¿Sabes Sis, lo noto más viejo y cansado no sé si tú…?

—Déjame interrumpirte Arturo, te entiendo y te agradezco que hayas venido a contármelo. Me hace sentir bien que papá este recapacitando, a pesar de todo no fui yo quien le dio la espalda; sin embargo, si algún día me quiere ver, él sabe dónde estoy y lo espero con los brazos abiertos.

—Respeto tu posición Sis —Arturo concluyó, sin otra alternativa.

A los cinco meses de su inicio, Konnect era una organización en forma, con personal de oficina y terapeutas asistentes. Ikan había ido contratando a algunos científicos canadienses, y el ambiente del lugar bullía con una actividad muy cordial.

Ikan se anunció en la oficina de Ariana.

—¿Tienes un minuto?

—Adelante, dime.

—Te quiero plantear un tema que considero importante —Ikan comenzó con un tono mesurado, pero al ver la actitud grave de Ariana le advierte—: te anticipo que vamos a entrar en terrenos de ciencia ficción.

—¡Me asustaste! pensé que me traías una mala noticia —respondió Ariana con naturalidad.

—Afortunadamente el programa de terapia alternativa está funcionando a buen ritmo en la clínica, por lo que he tenido oportunidad de preparar lo que podría ser nuestro próximo proyecto.

—¿De qué se trata? —Cerró su *laptop* y giró ligeramente la silla para quedar cara a cara con él, mostrando interés.

—Se trata de la conducción de energía eléctrica sin necesidad de alambres.

—¿Hablas de conducir corriente eléctrica como si fuera *wi fi*?

—Así es —asintió Ikan—, el concepto se pierde en la noche de los tiempos. Los estudios modernos apenas están descubriendo que la conducción de energía inalámbrica ya era utilizada por los egipcios. No te quiero quitar el tiempo con demasiados detalles técnicos, así que te mencionaré sólo las bases.

»Las pirámides de Egipto no fueron tumbas, como en la antigüedad se creía. Fueron construidas con granito y dolomita, que son materiales conductores de electricidad, y cubiertas en su superficie pon una capa de caliza, que es un material aislante; por consiguiente, la pirámide actuaba como una gigantesca fuente generadora y transmisora de corriente eléctrica para sus habitantes.

»Ahora nos trasladamos en el tiempo y en el espacio al año de 1898. Un científico llamado Nikola Tesla, originario de Croacia, logró transmitir energía también en forma inalámbrica. Su método fue diferente al de las pirámides, pero hubo algunos puntos en común. Podemos profundizar en los detalles técnicos hasta donde quieras; en resumen, lo que te quiero informar es que he logrado construir un prototipo utilizando ambos métodos; el de los egipcios y el de Tesla. Esta madrugada, desde mi laboratorio pude en forma inalámbrica encender un foco localizado al final de nuestra propiedad, a trescientos metros de distancia.

—Lo que me dices me parece en verdad de ciencia ficción. Ahora explícame las implicaciones que tu prototipo tiene para Konnect; para nosotros.

—Me temo que el concepto que te propongo es muy grande para ser manejado por nosotros. ¿Te imaginas un mundo en el que eliminas todas las líneas eléctricas? No más cables en las calles, ni en las casas. No me gusta hablar de teorías de conspiración, pero se dice que cuando Tesla mostró al público la conducción inalámbrica significó el final de su carrera, ya que fue bloqueado en el ámbito científico y comercial. A la postre, murió pobre y aislado.

»¿Me preguntas cuáles son las implicaciones para Konnect, para nosotros? No sería fácil ir en contra de la infraestructura actual; de la capacidad instalada a nivel mundial.

Ariana sintió mariposas en el estómago. En efecto, tenía frente a sí algo demasiado grande, y de alto riesgo.

—Tenemos que informar a los demás de esta situación. Necesitamos estructurar un plan. Tienes poco tiempo de conocer a los científicos que has contratado, ¿confías en todos y cada uno de ellos?

—No a este nivel —aclaró Ikan—, el experimento de esta madrugada lo realicé yo solo, sin testigos. Mis colaboradores conocen parte de la teoría, pero he dividido las funciones y ninguno de ellos conoce el proceso final.

—¡Suena bien! mantenlo confidencial ahora más que nunca —Ariana le indicó preocupada.

Durante una junta extraordinaria, los socios escucharon a Ariana en su explicación sobre el último proyecto de Ikan y sus posibles implicaciones para Konnect.

Al final de la explicación, Shivon, con actitud reflexiva, propuso:

—Me gustaría presentarles a mi hermano Arturo, en quién confío plenamente; sus conocimientos y contactos serían claves, y nos podría asesorar en este dilema —Shivon explicó a continuación que su hermano había pertenecido durante varios años a las fuerzas especiales en el ejército. No conoce los detalles de sus misiones porque fueron secretas, sólo sabe que estuvo ausente durante varios años, y que había sido condecorado por sus servicios. Arturo se había retirado del ejército y en el presente trabajaba en el consorcio Robinson.

Ariana procedió a resumir:

—Si les parece bien, sugiero que Shivon ponga a Arturo al tanto del tema que hoy hemos tratado, y si él desea involucrarse ojalá pudiera darnos su opinión sobre el curso a seguir lo antes posible.

»Hago énfasis que Konnect está desarrollando en este momento dos proyectos: uno, la cámara acumuladora de energía originada por William Reich y número dos, la transmisión eléctrica inalámbrica originada por Nicola Tesla. En el pasado cuando ambos conceptos fueron expuestos a la luz pública, ocasionaron un final trágico para ambos investigadores; por lo tanto, si estamos conscientes del riesgo y deseamos seguir adelante, a partir de hoy debemos actuar con cautela.

~

Arturo se sentía intranquilo y no podía dormir debido a la información de los acontecimientos que Shivon le había revelado. Había múltiples riesgos. Se afectarían los intereses económicos de los grupos más poderosos del planeta; el factor seguridad se volvería impredecible y no habría en quien confiar.

Decidió salir a caminar en medio de la noche. Al final de una vereda arbolada advirtió una luz tenue y su instinto de varios años de haber hecho guardias nocturnas lo impulsó a dar un vistazo.

Al acercarse a una ventana de la fachada notó que se trataba del laboratorio de Ikan, quién se encontraba absorto trabajando en el silencio de la noche.

Con discreción decidió retirarse, pero alcanzó a ver dos figuras humanas con cuerdas en las manos que se aproximaban con sigilo por detrás de Ikan. Arturo reaccionó de inmediato y corrió alrededor del edificio hacia la entrada del laboratorio. Antes de entrar, se percató de una camioneta blindada estacionada en la puerta. En cuestión de segundos sospechó que se trataba de dos criminales y que su objetivo era Ikan. Al penetrar al laboratorio, fue visto por los dos intrusos que estaban armados; ambos se olvidaron de Ikan y se dirigieron hacia Arturo que se encontraba a unos veinte metros de distancia. Uno de los asaltantes le disparó, pero Arturo con su entrenamiento, esquivó la bala y corrió a cubrirse detrás de unos anaqueles. Junto a la pared descubrió un extinguidor de incendio, y lanzó un chorro de polvo químico a la cara del atacante que lo perseguía, antes de que éste le disparara de nuevo. El ruido de la detonación había puesto en alerta a dos guardias de seguridad que entraron armados al laboratorio logrando someter a los atacantes.

Al día siguiente Ariana se dirigió al grupo, incluyendo esta vez a Arturo.

—El inspector policial encargado de nuestra zona me informó que los dos atacantes eran criminales contratados por una fuente anónima; el objetivo era secuestrar a Ikan.

—¿Quién podría querer secuestrar a Ikan? —preguntó Shivon.

—No lo sabemos —admitió Ariana—, alguien en nuestra organización está enterado de los avances en las investigaciones de Ikan; tenemos un espía.

Arturo intervino con énfasis:

—He decidido aceptar su ofrecimiento de actuar como consultor para ustedes. Por lo pronto, sugiero que por algunos días no se efectúe ningún avance clave o significativo en los experimentos que en la actualidad se realizan. Necesito tiempo para investigar.

La Estafa

Arturo se dirigió a Shivon:

—Sis, ¿me aceptarías como socio en Konnect, aunque yo trabaje en el Consorcio Robinson? y si así fuera, ¿podríamos proponerlo al grupo? Lo que ustedes están desarrollando me parece fascinante, aunque las posibilidades de lograrlo se enfrentan con obstáculos monumentales. Como inversionista no parece ser una buena decisión, pero me estimula el reto.

—En lo que a mí respecta yo feliz, veamos qué opinan los demás —respondió Shivon.

Al iniciarse la noche, Arturo partió en su auto para cambiar de aire, necesitaba pensar fuera del ambiente de Konnect. Se detuvo en un poblado frente a un bar; el lugar era concurrido, y los clientes vestían con cierta elegancia que despegaba del perfil rural de la zona. Una vez instalado, relajándose con una bebida, observó en una esquina a Nancy Aldrin, la directora de la clínica en compañía de un hombre; su relación aparentaba ser la de una pareja.

Arturo se acercó a un mesero:

—Disculpe, voy a saludar a la pareja que está en la mesa de aquella esquina, no recuerdo el nombre del caballero —le ofreció un billete de veinte dólares—¿usted lo sabe?

—Es el señor Rony Kulmann —contestó, tomando el billete con frialdad.

Arturo, a la distancia, tomó una foto de la pareja con disimulo y se retiró del lugar.

A la mañana siguiente Arturo consultó con Shivon:

—Dime con objetividad Sis, ¿cuál es tu opinión sobre la efectividad de la cámara acumuladora de energía para neutralizar el cáncer?

—Es real, no tengo duda, pero también es necesaria la terapia de apoyo que Elisa y yo practicamos. Los efectos de la quimio son terribles, sin embargo, los pacientes se han recuperado en un lapso muy corto; la voz se ha corrido y en el último mes los enfermos están optando por evitar la quimio para someterse únicamente a la nueva terapia alternativa. En los últimos quince días, el número de nuevos pacientes ha ido en aumento ¿Por qué me lo preguntas?

—No te puedo contestar a este nivel, pero creo que tengo una pista en mi investigación.

Arturo entró al laboratorio y saludó a Ikan al mismo tiempo que observaba de reojo la actitud de dos científicos ayudantes.

—¿Cómo te sientes, todo bien?

—Pasemos a mi oficina. ¿Te ofrezco algo de tomar?

—Solo agua, gracias.

—Quería tener la oportunidad de agradecerte en lo personal la protección que me diste la otra noche; no lo había hecho con anterioridad porque no te conocía, y tengo motivos para no confiar con facilidad, sin embargo, ahora creo que me puedo abrir contigo y darte información que quizá te ayude en tus indagaciones.

—Claro Ikan, te agradezco tu sinceridad.

—Tal como te han informado, voy muy avanzado en la investigación de la transmisión de corriente eléctrica inalámbrica. La comencé en secreto utilizando recursos de la compañía eléctrica en la que trabajaba hasta hace solo unos meses. De alguna manera se descubrieron los experimentos que estaba realizando y me ordenaron suspenderlos, en forma de amenaza. La ciencia es mi pasión, y yo persistí en las noches trabajando en mis investigaciones. Un día fui atacado por unos sujetos desconocidos y estuve a punto de perder la vida de no haber sido por unos guardias de seguridad que ahuyentaron a mis atacantes. En el anonimato de este lugar me he sentido seguro para continuar con mis experimentos, pero creo que tienes razón al sospechar que un espía podría haber delatado mi paradero.

—No te preocupes Ikan, te agradezco la información que me acabas de dar. Por el momento te pido que resistas tu pasión científica y no hagas nada nuevo. Sólo necesito un poco de tiempo.

Arturo reflexionó sobre la información que había recopilado y dedujo que la fuente del atentado estaba relacionada con dos posibilidades: la primera, referente a la terapia alternativa y la segunda, con relación a la corriente inalámbrica. Concluyó que la terapia alternativa había estado expuesta al público, mientras que la corriente inalámbrica había sido experimentada en secreto, por lo que su investigación debería enfocarse en la primera opción por el momento.

La foto que Arturo había tomado de Nancy y Rony en el bar no le confirmó antecedentes penales de ninguno de los dos, sin embargo, existía algo sospechoso en los datos personales de Roni Kulmann; se trataba de un individuo adinerado, comerciante de medicamentos utilizados para la quimioterapia. Por su relación con Nancy Aldrin como directora de la clínica de Oncología, Arturo dedujo su próximo paso a seguir.

En medio de la noche, Arturo penetró calladamente en la oficina de Nancy con el fin de revisar los expedientes médicos de los pacientes. Se percató que en la mayoría de los tratamientos utilizaban los medicamentos que Rony representaba. No le hizo sentido que el Hospital Metropolitano pudiera tener algún interés en favorecer la cuenta comercial de Rony, por lo que su atención se dirigió a los registros contables.

De acuerdo con su sospecha, descubrió dos sistemas de registro diferentes: el personal de Nancy y el que se reportaba al Hospital Metropolitano con números falsos. Nancy y Rony habían estado haciendo una fortuna con los tratamientos de quimioterapia, y la terapia alternativa de Ikan les estaba menguando el negocio con rapidez. Arturo guardó una copia de la información clave en una unidad *flash* y abandonó el lugar.

En una Junta extraordinaria, Arturo rindió el reporte de su pesquisa ante los miembros del grupo, y observó las caras de asombro en cada uno de ellos con excepción de Elisa, quien rara vez alteraba su expresión serena. Arturo recordó una frase que ella le había mencionado con anterioridad:

"Los contratiempos que experimentas ponen a prueba tu concepto de inmortalidad."

—Te felicito —comentó Ariana.

Ikan se mostró exaltado —¡Tenemos la evidencia, los podemos enjuiciar!

—No —intervino Arturo—. La evidencia que obtuve no se ajusta al procedimiento legal, sería rechazada en un juicio.

—¿Te refieres a que los delincuentes se pueden salir con la suya sólo porque las pruebas se obtuvieron con fallas de procedimiento? —Ikan plantó las palmas de sus manos sobre la mesa.

—Así es —afirmó Arturo—. Para hacer la revisión dentro de sus oficinas necesitaba una orden de cateo; revisé sin autorización sus registros contables evadiendo las contraseñas del sistema, y por el hecho de entrar a su propiedad en medio de la noche, incurrí en allanamiento de morada.

»Necesitamos entregar el caso a la policía y dejar que ellos hagan su trabajo; tengo en mente al contacto indicado, lo conozco desde hace muchos años y es calificado en extremo.

—¿Estás seguro de que las autoridades resolverían este caso? —preguntó Ariana.

—Sin duda.

—Pienso que Arturo tiene razón —intervino Elisa—, debemos seguir adelante con nuestro trabajo enfocándonos en avance y expansión, sin condenar nada o a nadie. Recuerden el proverbio chino: "Es mejor encender una vela que maldecir a la oscuridad".

Al caer la tarde, Ikan se encontraba pensativo en un rincón solitario del jardín. Shivon descubrió su figura tranquila mientras caminaba a lo lejos y se le acercó buscando compañía:

—¿Te interrumpo?

—De ninguna manera, solo estoy tomando un descanso.

—Cuéntame, ¿qué estabas pensando?

—La verdad es que he estado trabajando muy concentrado en la transmisión de corriente inalámbrica y, a pesar de todo, hay algo que me asalta el pensamiento y me exige atención.

—¿Y sabes lo que es?

—Pudiera estar relacionado con la terapia alternativa; tengo una modalidad en mente que nos permitiría aumentar el número de pacientes que se podrían atender a la vez. Tengo claro el concepto, pero hay una parte que me falta por completar y siento una especie de bloqueo para poderlo definir.

—Si volvieras a tener una oportunidad que dejaste ir, ¿cuál sería?

Ikan respondió sin dudar: —Regresaría en el tiempo a Bali, a terminar el estudio que dejé inconcluso sobre la cámara de acumulación de energía.

—¿Te refieres a que tu modalidad sobre la cámara de Wilhelm Reich nació en Bali?

—Sí, así fue.

—Pienso que si viajaras al lugar donde iniciaste estos experimentos tus procesos mentales se reconectarían y tu bloqueo se abriría… Es sólo una sugerencia.

❧

Enigmático y Excepcional

Al recorrer las calles populosas de *Ubud* en la isla de Bali, Ikan sintió algo de nostalgia. Mientras paseaba, compraba algunas chucherías de los vendedores ambulantes que lo acosaban. De repente, el sonido de la muchedumbre se atenuó al fijar su vista en la esquina opuesta, donde un hombre de barba blanca vendía remedios caseros.

«Es Ari mi asistente» Ikan pensó sorprendido, al tiempo que comenzó a caminar hacia él.

—¡Te ves más joven Ari! ¿cuál es tu receta? —lo saludó con una reverencia.

—Nada de lo que vendo aquí; la felicidad es el ingrediente más importante de la salud y el bienestar. ¡Qué sorpresa verlo aquí después de tantos años! —respondió Ari, con gusto al verlo.

—La última vez que nos vimos te fuiste sin despedirte. Comentó Ikan.

—Debido al comentario no solicitado que le hice en ese entonces. Sentí que había traspasado un límite de rango y me sentí mal.

—¡Te equivocas! no me ofendiste en absoluto, por el contrario, me compartiste tu sabiduría y te sigo necesitando, ahora más que nunca; este encuentro no es casualidad. ¿Te gustaría volver a trabajar para mí?

—Por supuesto, le tengo mucha gratitud y espero no fallarle.

El dueño del local que Ikan había utilizado como laboratorio años atrás había muerto, y sus hijos habían heredado la propiedad que ahora se encontraba abandonada, incluyendo los muebles y enseres del antiguo laboratorio.

Durante la habilitación del local, Ikan puso al tanto a Ari de sus experiencias en Konnect. En una velada de trabajo, le planteó la idea que lo había traído a Bali y su necesidad de continuar su investigación hasta encontrar la solución.

Ambos trabajaban largas jornadas, metodizando cada paso de sus experimentos y documentando los resultados.

Un día Ari se dirigió a Ikan con tono suplicante:

—Mi cabrito está enfermo.

—Tú has curado siempre a tus animales, ¿cuál es el problema?

—Con este no he podido.

—¿Qué dice el veterinario?

—Que lo ponga a dormir.

—¿Qué vas a hacer?

—Yo nada, pero usted me va a ayudar a curarlo.

—¿Quieres meter al cabrito a la cámara? tendríamos que construir una especial.

—No será necesario. Usted tiene razón en su nuevo concepto de acumulación de energía. En lugar de traer aquí al cabrito, sólo traeríamos una muestra de su sistema inmune; procederíamos a potenciar las células, y una vez entrenadas se reintroducirían en el sistema del animalito para restablecerlo a la normalidad.

Ikan exclamó entusiasmado:

—No habíamos definido la mecánica, ¡tienes toda la razón! Esta podría ser la clave; si funcionara… —Ikan agitaba sus brazos entusiasmado, sin poder emitir más palabras que describieran su felicidad—. Por favor no te vayas a desaparecer de nuevo.

∾

La clínica de Oncología fue reestructurada con cambio de director, y el Hospital Metropolitano se ofreció a colaborar con Konnect en todo lo referente a la terapia alternativa.

A su regreso a Canadá, Ikan anunció a sus socios la sorpresa de que venía acompañado de Ari como científico asistente en el área de terapia alternativa.

Hacia el final de la junta anual de socios y ejecutivos de Konnect, Elisa tomó la palabra:

—No vengo con un reporte escrito, ni traigo cifras para mostrar resultados. Ustedes conocen la forma en que yo funciono, y mi sugerencia es de índole intuitiva. Siento que Konnect se va a convertir en poco tiempo en un centro muy grande de atención. Este éxito va a estar en contra de los intereses económicos de muchas organizaciones y, por consiguiente, veo a Konnect vulnerable a posibles ataques. Mi recomendación sería establecer una filial que sirva de resguardo en un punto geográfico retirado de donde estamos en la actualidad. ¿Qué les parece Australia?

—Desde el punto de vista estratégico me parece una excelente idea, si es que mi opinión cuenta a este nivel —mencionó Arturo.

—¿A qué te refieres a este nivel? —preguntó Ariana intrigada.

—A que actúo sólo como un consultor, no como socio.

—¡Uy! Perdona mi error por omisión —le aclaró Ariana, encogiendo los hombros avergonzada—, los miembros del grupo ya habíamos acordado aceptarte como socio y se me había olvidado comunicártelo; eres socio de hecho en este momento.

—A mí en lo personal me entusiasma la propuesta de Elisa —declaró Shivon.

—¿Alguien en contra? ¿Nadie? Yo también apoyo la idea —Ariana cerró la sesión.

Elisa se sintió satisfecha de haber dado el paso; la mayor parte del tiempo ella se había mantenido como una observadora durante la creación y desarrollo de Konnect, sólo dando algunas guías a través de la voz de Shivon. Ahora había llegado su momento para actuar en el campo que le correspondía: la creación de un centro de entrenamiento para desarrollo de intuitivos.

En efecto, Elisa había sido una pordiosera en una época de su existencia, y durante años vivió como vagabunda rodando por el mundo. Durante ese tiempo, ella experimentó innumerables situaciones dentro del engranaje social humano; fueron estas, las que poco a poco fueron sensibilizando su capacidad para sentir compasión y empatía por el dolor y el sufrimiento de los demás.

La compasión y la empatía solo pueden ser expresadas con amor y lo que llamamos milagros, sólo se dan dentro del contexto del amor. Es por esta razón que Elisa en ocasiones sorprendía a las personas por su videncia, y la oportunidad con que aparecía y prestaba su ayuda en el lugar indicado .

Expresión Inconclusa

Shivon e Ikan se encontraban en su sitio favorito junto al río en uno de sus días de descanso.

Shivon le preguntó con espontaneidad: Si pudieras hacer algo diferente de lo que estás haciendo en este momento, ¿qué sería?

—Considero un privilegio el papel que desarrollo aquí, estoy en el lugar preciso con la persona que quiero estar y no quiero que suene a cliché.

—¿Cliché? ¿crees tú que exista algo que todavía no se haya dicho? ¿Una situación que en alguna forma no se haya mencionado? Aún el comentario que estoy haciendo en este momento ya se ha escuchado muchas veces. Cuando tú y yo hablamos no hay posibilidad de clichés, sólo sinceridad. Te voy a preguntar en otra forma: si escribieras la historia de tu vida, ¿cuál sería el punto culminante?

—El presente, el trabajo que desarrollo con el grupo en Konnect, el tiempo que comparto contigo.

»Durante tu relato en la hostería mencionaste que has estado sujeta a una serie de retos de salud que te llevaron hacia la introspección. En ese momento sentí empatía por lo que fue tu estado de vulnerabilidad. Recuerdo haber pensado que me habría gustado conocerte desde niña y ser tu compañero de juegos.

Shivon se conmovió por el emotivo comentario y sin hacer contacto visual le quitó una pelusa de la manga de su suéter.

Ikan agregó:

—Como ves, el destino nos ha juntado en una experiencia muy especial; al dar nuestro servicio en esta organización no lucrativa con el objetivo de aportar al mundo algo positivo.

»Antes de conocerte podría haberme definido como un analista; ahora, después de conocerte, me veo como un testigo de mi vida convertida en una aventura que me hace feliz.

—¿Que te impulsó a invitarme a venir a este río por primera vez? —Shivon suavizó su voz.

—Voy a intentar contestarte —Ikan un tanto cohibido, se tomó unos instantes para recobrar su entereza—. Va a ser difícil, recuerda que predomina el hemisferio izquierdo de mi cerebro y me es difícil expresarme en estos temas:

»Cuando te vi por primera vez en cama en esta clínica, supe que habías sufrido una conmoción por la muerte del pequeño Lucas; tu empatía hacia la condición del niño ocasionó que recibieras el impacto con demasiada fuerza. Aprecié tu vulnerabilidad como una cualidad, más que como una debilidad. Pensé: "esta es la persona en quien se puede confiar, es tierna, cálida…sería muy afortunado quien la tuviera por compañera".

¡BOOM! una explosión interrumpió su diálogo.

—¡El sonido viene de la clínica! —Ikan alzó la voz alarmado.

~

El personal de la clínica de Oncología se encontraba en total estado de alarma. La explosión fue un suceso inesperado que interrumpió el orden de todas las actividades. Los empleados no querían volver a sus puestos por temor a nuevos ataques.

Arturo contactó de inmediato a un equipo de expertos en detectar explosivos para que revisaran el edificio. A su vez, llamó a un equipo de forenses para que investigaran el origen del atentado con objeto de obtener datos que se pudieran utilizar durante un proceso penal.

—¿Dónde fue el lugar del siniestro? —le preguntó Ikan a Arturo.

—En el almacén de equipo médico, la mayor parte del inventario consistía en cámaras concentradoras de energía.

—¡Mis cámaras! —Ikan se lamentó consternado.

Ariana se aproximó a Arturo:

—La directora del Hospital Metropolitano me acaba de llamar, viene en camino y no tengo ninguna explicación…

—No te preocupes, por el momento explícale que tenemos dos grupos de profesionales investigando el siniestro; el personal está a salvo y por fortuna no hubo muertes ni heridos.

Marion Howard, directora del Hospital Metropolitano, emanaba una distinción que inspiraba respeto, sin embargo, era una mujer ejecutiva que actuaba con autoridad y amabilidad a la vez. Marion recorrió en forma somera el lugar de la explosión y le pidió a Ariana hablar con ella en forma privada.

—El propósito de mi visita representa un trance difícil para mí —Marion inició el diálogo—. La introducción de la terapia alternativa en el hospital que dirijo cambió mi sistema de creencias. Fue como una brisa fresca de aire renovador; a la vez, expuso nuestra impotencia para curar a enfermos en un sin número de casos.

»El uso de las cámaras tuvo un porcentaje muy alto de éxito. Por tal motivo decidí utilizar las cámaras para tratar a pacientes con afecciones diferentes del cáncer sin consultar con Konnect. Hace unos días, el cuerpo médico me notificó resultados aparentemente exitosos en enfermos de diabetes.

Marion hizo una pausa para resolverse a continuar:

—La noticia de la explosión de esta mañana me cayó como un balde de agua fría. De una manera abrupta me di cuenta del riesgo en que incurría si alteraba el engranaje económico del que dependen miles de personas. Prefiero no elucubrar sobre el tema … usted me entiende …

—Por supuesto —asintió Ariana.

—En resumen, tengo que cancelar el programa de terapia alternativa, y a grandes riesgos, grandes decisiones. Le pido su cooperación por el bien de nuestras organizaciones, y quisiera dar por terminado el contrato entre el Hospital Metropolitano y Konnect para evitar futuros incidentes.

—Estoy de acuerdo Marion, informaré a mis socios. Estoy segura de que no tendrán ninguna objeción.

—Hoy mismo me encargaré de que los enfermos sean trasladados al Hospital Metropolitano; improvisaré el espacio. Muchas gracias por su comprensión —Marion extendió la mano para despedirse.

Arturo estaba atareado con el seguimiento de las indagaciones que los equipos de profesionales le reportaban sobre el siniestro. Su teléfono celular le avisó de una llamada proveniente de un lugar que lo intrigó: «Viene de la cárcel» pensó.

—¿Quien llama?

—¡Soy Nancy Aldrin Señor Robinson, por favor no corte mi llamado!

—¿Que se le ofrece?

—Necesito hablar en privado con usted, es importante, yo sé que puede hacer arreglos para que nuestra conversación no sea monitoreada.

Arturo pensó que debería asistir a esa conversación, podría estar relacionada con la investigación del ataque a la clínica.

—Haré lo posible por verla mañana.

Al día siguiente Nancy Aldrin y Arturo se encontraron en una celda privada. Nancy bastante nerviosa actuaba algo retraída; Arturo estaba escéptico, pero tenía curiosidad sobre el tema a tratar en la audiencia que Nancy le había solicitado.

Ella inició la conversación con tono de justificación:

—Sé que estoy aquí cumpliendo una condena por actos criminales y no soy digna de credibilidad, a pesar de ello, necesito confesarle la verdad. Tengo un problema de conciencia, y a la vez deseo ayudar.

—Adelante, la escucho.

—Mi relación con Ronny Kulmann se inició cuando lo conocí como un empresario de éxito, con la visión de vender los mejores productos que se habían producido en el campo de la quimioterapia.

»A medida que nuestra relación avanzó, Ronny se fue transformando en un individuo controlador y ambicioso. Me presionó para que la clínica desplazara a los proveedores que les hacían la competencia a sus productos. Llegó un punto en que me sentí culpable y atemorizada. Esa época coincidió con el intento de secuestro de Ikan.

»La parte que deseo revelarle es que Ronny orquestó la explosión que ocurrió en la clínica. Forma parte de un plan para evitar que la terapia alternativa progrese a nivel institucional. Podría darle datos concretos para apresar a Ronny, pero él es sólo un peón en el tablero de ajedrez y habría represalias para Konnect. Detrás de todo esto, existe una organización de índole anónima con influencia en altos círculos —Nancy bajó la cabeza con su mirada fija hacia el suelo.

Arturo interfirió:

—Si se presentaran pruebas de que usted actuó intimidada bajo presión, servirían como atenuantes para reabrir su caso. Sería posible reducir su condena de una manera considerable.

—Tendría que exponer a Ronny y hablar de una organización invisible. Lo más probable es que no sobreviviría para disfrutar mi libertad. Prefiero cumplir mi condena en silencio con la relativa seguridad que tengo detrás de estas rejas, siempre y cuando usted también maneje con discreción lo que le he revelado —aclaró Nancy.

—No se preocupe, no expondré su seguridad. Le agradezco la información que me ha dado, nos servirá para estar alerta.

~

La revisión de los detectores de explosivos había concluido y se determinó que el edificio estaba fuera de peligro.

El grupo de socios de Konnect se reunió para discutir la situación de la empresa y los pasos a seguir.

Ariana inició la sesión:

—Entiendo los riesgos de sufrir represalias si proseguimos una acción penal, sin embargo, me indigna que intereses al margen de la ley queden impunes. Siento una línea muy fina entre tener cautela o ser cobarde.

—Como hombre —Arturo pidió la palabra—, puedo opinar que dejarse llevar por la testosterona puede ser fuente de muchos errores; no sería cobardía evitar una pelea a puñetazos si el oponente fuera de una manera ventajosa más grande y fuerte. Sería más inteligente optar por la sobrevivencia y la conservación de las facultades físicas y mentales.

»En nuestro caso el enemigo no da la cara, es anónimo. Sería como luchar contra un fantasma, y sin embargo nosotros estamos visibles y vulnerables a cualquier ataque.

—Retiro lo dicho —interrumpió Ariana—, no pude evitar expresar mi frustración.

—Aunque no lo dije, yo siento lo mismo —admitió Arturo.

Los socios permanecieron callados, pareciendo compartir el mismo grado de frustración. Elisa rompió el silencio:

—El ataque sufrido en la clínica no se podría haber previsto, y sería imposible evitar que algo similar o peor sucediera a futuro. Nuestro entusiasmo nos hizo pensar que estábamos contribuyendo a hacer un mundo mejor. El problema es que el mundo no está listo para un cambio tan radical. Hay en este momento varios estados de guerra activos en diversos países del planeta, no han cesado los casos de genocidio y el porcentaje de asesinatos aumenta a diario. Se vive odio, discriminación religiosa y racial; la raza humana no ha logrado la paz. Mientras estos eventos persistan, el mundo no estará listo para un cambio significativo. Sugiero revisar los objetivos de Konnect, ya que es claro que no debemos dejar de actuar, solo necesitamos definir cómo lo vamos a hacer.

—Elisa lo acaba de expresar muy claro —opinó Shivon—. No estamos para cambiar nada ni a nadie, el mundo sigue su curso. Lo que sí podemos hacer, es dar un giro a nuestro enfoque en Konnect, y en principio propongo lo siguiente:

El término de "Terapia Alternativa" se interpreta como una sustitución de la terapia convencional. El sistema económico de la industria médica no está dispuesto a perder terreno y por lo mismo, ingresos. Nosotros no intentamos lucrar con nuestros métodos curativos, ni competir con la medicina convencional, por lo tanto, sugiero emplear el término de "Terapia Complementaria", la cual sería aplicada a la par con la terapia convencional y de esta manera se pondría fin a posibles conflictos.

—Gracias Shivon, apoyo tu propuesta, me parece una excelente idea —dijo Ariana.

El resto del grupo levantó la mano en señal de aprobación.

Un año atrás

Elisa viajaba en su *jeep* a través de los bosques de Lennox, Ontario, en Canadá. De acuerdo con su sistema de creencias ella no había planeado un itinerario; vivía el momento y manejaba su auto atenta al próximo evento que se le presentara. Su cacharro no tenía radio ni sistema de sonido. Ella pensaba que la falta de música de fondo le favorecía para mantenerse en el momento presente. A cierta distancia distinguió a un hombre que movía los brazos en señal de auxilio; a su lado había una mujer, postrada sobre el suelo de tierra. Detuvo el *jeep* al lado del camino, y al dirigirse hacia ellos, se percató que aparentaban ser nativos americanos.

—¿Qué ocurre?

—¡Es mi mujer! —contestó el hombre— '¡está por tener bebé, necesito llevarla con partera!'

Elisa se bajó del auto y revisó a la mujer, que aparentaba estar en proceso avanzado de parto.

—No hay tiempo para llevarla a una partera, necesitamos actuar aquí mismo. Puedo ayudarla, ¿me autorizas a hacerlo?

—Sí. '¡Que sus ancestros ayuden!'

Elisa improvisó lo necesario para atender la emergencia, con un botiquín de primeros auxilios y unas botellas de agua que llevaba en su coche. Media hora más tarde la mujer abrazaba a su bebé y Elisa sugirió llevarlos al hospital más cercano para terminar el procedimiento con atención profesional.

El hombre se negó.

— 'Somos Chippewa, hospital no es para nosotros, llévenos con nuestra gente ellos ayudarnos'.

—¿Cómo te llamas? —preguntó Elisa.

— "Yo Binesi" —Se golpeó en el pecho.

Elisa ayudó a la nueva madre y su criatura a recostarse en la parte trasera de su auto y manejó en dirección a donde la guiaba Binesi. Tras un breve recorrido llegaron a una comunidad en el bosque. Le extrañó que el grupo no estuviera integrado en una reservación. Se despidió de la pareja, y los vio alejarse asistidos por un grupo de su gente que los rodeaba. Volvió a poner en marcha a su auto, pero antes de que pudiera iniciar la partida, un grupo de hombres la interceptó, bloqueando su camino. Uno de ellos se acercó a su ventanilla para informarle que "jefe Achak" quería hablar con ella, y en seguida la guiaron hasta la vivienda del líder de la comunidad.

—Te he estado esperando desde hace tiempo —anunció un hombre recio, de edad avanzada—. Mi nombre es Achak, soy el jefe de esta tribu. Te agradezco la ayuda que le proporcionaste a la pareja Binesi; este hecho me confirma que eres la persona que he estado esperando.

—A quién esperas? ¿Cómo sabes que soy yo?

—En una ceremonia efectuada con un ritual sagrado, te vi llegando aquí con una misión especial no relacionada con mi gente, sin embargo, debemos ayudarte, es la voluntad de los que viven "en el otro lado".

—¿Cuál es la misión que tengo aquí?

—No la conoces todavía pero aquí se origina.

»Hace varias generaciones nuestros antepasados descubrieron unas cavernas y un sistema de túneles muy extenso que existe en esta zona. Utilizaron las cavernas y los túneles para almacenar comestibles que les permitieran sobrevivir los inviernos; también los usaban como refugios subterráneos para esconderse de tribus agresoras que los superaban en número de adversarios. En la actualidad, guardamos la existencia de las cavernas en secreto, y sólo las utilizamos para guarecernos durante la severidad de los inviernos.

—¿Por qué me relatas todo esto? ¿Quién eres en realidad, y por qué te expresas de una manera más estructurada que el resto de tu gente?

—Soy Achak, Chippewa de origen. Logré ser educado fuera de la reservación por un programa gubernamental, con objeto de poder ayudar a mi gente de una manera más eficaz.

»En mi visión advertí un nuevo orden socioeconómico que se avecina, habrá muchos conflictos. Tú formas parte de los integrantes del nuevo orden y necesitas protección. El flujo que sigues, guiada por intuición, te trajo hasta aquí; estás en el lugar indicado.

Elisa interrumpió el diálogo con su mente, y bloqueó las dudas y cuestionamientos para permitir que la intuición se manifestara en ella:

—Hace tiempo le mencioné a una mujer joven cómo se desarrolla el drama humano a través de LA MENTE DE LAS MIL CARAS; tú eres uno de esos personajes en este momento…

—…y a ti te estaba esperando —interrumpió Achak—, sé a lo que te refieres: El Uno se convirtió en muchos, y los muchos somos Uno. —Guardó silencio y esperó con paciencia.

—¡Tienes razón! —dijo Elisa—. De alguna manera siento que he llegado a mi destino. Gracias Achak, me llamo Elisa.

En los días que siguieron, Elisa dialogó con miembros de la tribu para ayudarlos en aquello que solicitaban guía. Achak había ordenado que se construyera una cabaña de madera para Elisa, al pie de un acantilado. El sitio de la cabaña estaba conectado con un acceso al sistema de túneles y cavernas, y la entrada había sido disfrazada con esmero, en forma de un pasadizo secreto detrás de una pared al fondo de la vivienda.

～

Diez Años Atrás

Shivon y Ariana, jóvenes adolescentes, platicaban sobre su próxima fiesta de graduación de enseñanza media, en la recámara de la mansión de Ariana.

—No sé si quiero ir —dijo Shivon—,es una fiesta que no significa nada para mí; mis amigos no están en este colegio y en realidad, tú eres mi única amiga aquí.

La empleada doméstica irrumpió en la habitación para informar que el joven Arturo había llegado a recoger a su hermana Shivon. Ambas amigas bajaron a encontrarlo.

Arturo esperaba con un paquete de regalo a sus pies.

—¡Gracias, hermano! ¿Qué me trajiste? —Shivon bromeó parada de puntas y dándole un beso en la mejilla.

—Es para Ariana —Arturo contestó con cierta timidez.

—¿Para mí? Muchas gracias.

Al abrir el paquete, Ariana se encontró con un cachorrito pastor australiano.

—¡Es precioso! ¡Me encanta! ¡Gracias Arturo, qué sorpresa!

Después de jugar los tres unos momentos con el perrito, Shivon se ofreció a llevarlo al jardín para comenzar a entrenar sus "esfínteres".

—En verdad que me sorprendiste con el regalo Arturo, ¿A qué se debe?

Arturo permaneció en silencio, sin saber cómo contestar.

—Yo sí tengo algo que preguntarte; ¿me acompañarías a mí fiesta de graduación?

—Me encantaría, gracias por pensar en mí, el caso es que no voy a estar aquí; mañana tomo el avión para enrolarme en el ejército, ni siquiera Shivon lo sabe. Tengo una situación familiar que ya no aguanto…

—No entres en detalles si no quieres, pero ¿me puedes decir a dónde te puedo escribir?

—No sabes lo difícil que me es contestar tu pregunta Ariana, mi partida va a significar una larga ausencia, creo que es mejor dejar nuestra amistad como está.

Shivon entró de improviso con el cachorrito.

—¿Pensaron ya en algún nombre? ¡Uy! ¿A qué se deben esas caras?

~

Tiempo Presente

Ikan y Ari viajaban con rumbo a Australia a bordo de un jet comercial, con el objeto de encontrar un sitio estratégico para establecer una filial de Konnect en la que Ikan pudiera continuar con sus investigaciones.

—Me parece injusto que tengamos que viajar miles de kilómetros —Ikan argumentó indignado—, sólo por tratar de hacer las cosas bien, por trabajar en el progreso científico.

—Es la forma como se desarrolla el drama humano —Ari encogió los hombros—. Imagínese por un momento lo faltas de interés que serían las tramas de todas las películas que usted ha visto si les quitara los elementos de corrupción, venganza, intriga, sabotaje, caos y violencia.

—Entiendo tu argumento Ari, tienes razón; sin embargo, sigo indignado. Me voy a dormir, tenemos un vuelo largo por delante.

~

A raíz del conflicto con el Hospital Metropolitano, Konnect había cambiado su perfil. El lugar funcionaba como un centro de yoga, y ofrecía programas de bienestar a través del mejoramiento físico, mental y emocional. La terapia física incluía: acupuntura, hipnoterapia y el uso de las cámaras de acumulación de energía como tratamientos de apoyo a la medicina tradicional.

Arturo se encontraba en las oficinas corporativas de Robinson. Su teléfono privado anunció una llamada especial.

—¿Arturo? soy Ariana.

—¿Todo bien?

—Sí, todo bien, no te he visto por aquí durante tres días.

—Hay asuntos que tengo que atender, mi padre ha tenido problemas de salud…

—Entiendo Arturo, sólo quería saber cómo estabas, te deseo que todo salga bien, no dejes de avisarme si en algo puedo ayudar.

—Gracias Ariana, te veo pronto.

Esa tarde Arturo entró en la oficina de Ariana:

—Respecto a tu llamada de esta mañana, ¿me aseguras que todo está bien?

—Todo en calma, con la reestructuración de Konnect no tenemos desastres que atender.

—Te conozco Ariana, hay algo que me estás ocultando.

Ariana admitió:

—Es cierto Arturo, esta mañana tenía el corazón apretado, sentía nostalgia. Me llamaron de mi casa para informarme que habían tenido que poner a dormir a Tyson. ¿Recuerdas el perrito que me regalaste? Tenía diez años, estaba muy enfermo y no hubo otro remedio.

»No tienes idea de la trascendencia que tuvo tu regalo para mí. Me diste la personificación de las cualidades que los humanos muchas veces no tenemos; amor incondicional, por ejemplo. A Tyson no le importaba si yo tenía dinero, si era bonita o no, algunos días yo lo ignoraba por estar ocupada y a pesar de todo, el peludo fiel siempre mostró su amor incondicional. Tyson podía captar mis emociones y sufría cuando yo no me sentía bien, o estaba dispuesto a jugar en todo momento. Su principal objetivo era hacerme feliz—. La voz de Ariana comenzó a quebrarse.

Arturo captó que, Ariana, sin saberlo, hacía referencia a la compañía que el perro le había proporcionado, a diferencia de él, que se había alejado de su vida. Una confusión de sentimientos invadió su interior.

Siempre había conservado un cariño especial por Ariana, pero el conflicto familiar con su padre y los efectos post traumáticos de guerra le habían afectado su capacidad para mantener una relación afectuosa estable. Sin embargo, su actuación en Konnect le había dado seguridad. De alguna manera le había servido para resolver los pocos fantasmas que le quedaban en el closet.

Arturo posó su mano en el hombro de Ariana:

—Te propongo que solicites que el cuerpo de Tyson sea cremado y, juntos tú y yo, iremos a esparcir sus cenizas en el sitio más significativo en el que hayan compartido días felices.

~

En Brisbane, Australia, Ikan le explicó a Ari el propósito de su viaje:

—El mundo está por experimentar cambios socioeconómicos de trascendencia. El poder económico va a girar hacia China, India, Indonesia y quizá Australia también ocupe un lugar importante; pero no es sólo la parte económica lo que me interesa, es deseable determinar un lugar que ofrezca estabilidad política y respeto por las garantías individuales. Sin embargo, por encima de todo necesito cubrir mi objetivo científico. Te lo voy a plantear un poco más en detalle:

»Nuestro planeta es un enorme generador eléctrico, como cualquier motor con polos positivo y negativo que gira sobre un eje y produce energía constante. Estoy convencido de que civilizaciones antiguas no registradas en la historia utilizaron esta energía para iluminar sus viviendas, moverse en sus vehículos, en la construcción de sus estructuras, en fin, para todo lo que requería el uso de electricidad. Algunas pirámides permanecen como vestigios de ciertas culturas que de alguna manera utilizaron esta 'red de corriente eléctrica gratuita' alrededor del planeta. La clave de todo esto es que no era la pirámide misma lo más importante con relación a la generación de la corriente, sino el *lugar* en que ésta estaba situada. Es importante determinar un sitio preciso dentro de la 'red de energía' que existe en el globo terráqueo para establecer nuestro laboratorio de Investigación.

Ikan concluyó su explicación y observó cómo Ari permanecía inmutable, como si estuviera ajeno al tema…

Pasados unos momentos Ari respondió:

—Entiendo lo que usted busca: se refiere a los meridianos por los que circula la energía de nuestro mundo. En Indonesia los usamos para fines terapéuticos, en agricultura y para meditación, pero son sólo meridianos secundarios. La aplicación que usted necesita requiere de los meridianos principales, y uno de los más importantes circula en el hemisferio norte, alineado con las pirámides de Egipto; sin embargo, me temo que no se podría establecer un laboratorio en esa zona.

—¿Qué sugieres? le preguntó Ikan intrigado.

—Tomando en cuenta las consideraciones socioeconómicas, el lugar ideal sería Cambodia, ya que el meridiano pasa justo en el área de Angcar. El laboratorio podría establecerse en algún sitio cercano.

Una sonrisa iluminó el rostro de Ikan:

—Ari, no sabes cómo aprecio tu visión en los problemas que se nos han presentado. Siento que yo no te he dado nada y, sin embargo, tú me has aportado tanto.

—Yo soy quien tiene que agradecer que usted me haya dado un propósito.

Expiación

Elisa y Shivon conducían una sesión de meditación guiada para un grupo de estudiantes. Arturo se asomó desde la entrada del recinto y con una señal de su mano llamó la atención de Shivon. Ella se volteó en silencio y, con un ademán, le dio a entender a Elisa que necesitaba salir de la habitación.

—Disculpa la interrupción Sis, se trata de una emergencia con papá.

—¿Qué sucede?

—Durante los últimos tres años él se ha negado a tener chequeos médicos rutinarios. Hace dos días, luego de varias semanas de sufrir un dolor de cabeza que no cedía, le diagnosticaron un tumor cerebral inoperable que le está causando la falla de múltiples órganos. Los doctores dicen que no pasa el día de hoy. Está muy angustiado, pide verte y se disculpa por no poder venir...

—¡Llévame con él de inmediato!

Edward Robinson se encontraba en cuidados intensivos; conectado con toda la tecnología médica imaginable.

—Gracias por venir, hija.

«¿Hija? es la primera vez en veinticinco años que se refiere a mí de esa manera», pensó ella. —No te alteres papá, dame la mano y platicamos.

Edward habló con esfuerzo:

—Fui dominante y orgulloso cuando te corté de mi vida; más tarde, cuando me di cuenta de mi error, fui cobarde al no ir a pedirte perdón. ¿Qué puedo hacer para que no me odies?

—No digas eso papá, por supuesto que no te odio, y no tengo nada que perdonarte. Olvídate de cualquier sentimiento de culpa que pudieras tener puesto que yo nunca te he hecho ningún cargo. El pasado ya no existe, ahora hablemos de lo que deseas en el presente.

—El consorcio de empresas Robinson queda en tus manos junto con tu hermano Arturo. Estará en ustedes reorganizar las empresas de una manera ética profesional. Nuestros cruceros han sido escenarios de actos delictuosos: pasajeros desaparecidos en alta mar, mujeres violadas…

»En el área de inteligencia artificial se ha usado el *software* para sacarle más dinero a los clientes de los casinos; también se ha invadido la privacidad del público para hacerlo más consumista.

»En los últimos seis meses, cancelé una multitud de contratos de clientes de nuestras empresas que, en mi opinión, estaban haciendo un uso deshonesto de nuestros productos y servicios.

—Está bien papá, te entiendo y estoy de acuerdo, ¡no te canses!

—Llegó mi final y cuando se apague la luz voy a dejar de existir… —Edward era presa de angustia y el sonido del sistema de monitoreo indicó un pulso alterado.

Shivon, haciendo un acopio de entereza, le habló con ternura:

—Papá, escúchame bien, te voy a pedir un favor, sé que no te va a ser fácil; quiero que me escuches durante cinco minutos con toda tu atención y, muy importante, sin interrumpirme. Te prometo que no se trata de hipnosis, meditación o ninguna de esas modalidades que siempre has rechazado. Sólo quiero tu atención. ¿Estás de acuerdo?

Edward parpadeó asintiendo.

—Cierra los ojos y sólo escucha mis palabras. Necesito que estés tranquilo y que este tiempo sea solo para ti y para mí, para nosotros…

»…Ahora quiero que te remontes a tu niñez… cuando tenías unos 10 años más o menos, y recuerdes una escena que venga a tu mente… lo que sea, no necesita ser algo muy importante, puede ser la primera imagen que llegue a tu memoria … ¿con quién estás? … ¿qué está sucediendo? … obsérvala bien.

»Ahora deja ese momento y ve a una época de tu vida cuando tenías cerca de treinta años …tómate tu tiempo… ¿dónde estás?... ¿con quién?... observa bien la escena… fíjate en todos los detalles….

Bien, ahora abre lentamente los ojos y continúa escuchándome:

»Trajiste a tu memoria dos escenas: la del niño y la del joven. El niño fue un personaje temporal que cambió en el tiempo. El joven fue otro personaje temporal que también cambio en el tiempo; sin embargo, en ambas escenas había un espectador, alguien que observaba… ¡tú lo acabas de experimentar! ese observador es quien tú eres en realidad. Ese observador, no cambia en el tiempo ni en el espacio y es inmortal. El niño que observaste ya no existe, el joven tampoco. El observador vio las dos escenas y tiene la conciencia de que existe, de que no cambia y que es inmortal. Ese es tu verdadero ser, es quien realmente eres, ¡no hay nada que temer!

Edward miró fijamente a Shivon a los ojos y con mucho esfuerzo sonrió. Acto seguido, una alarma persistente indicaba que en el sistema de monitoreo los signos vitales de Edward estaban en cero. Su tempestuosa vida había concluido a la postre con una expresión de paz.

El Acuerdo del Abedul

En una zona apartada de las áreas de mayor actividad en el complejo de Konnect, se encontraba 'El Abedul'. Este sitio había sido reconocido como un lugar especial por la paz que se experimentaba bajo el frondoso árbol.

Elisa invitó a los miembros del grupo, incluyendo a Ari, a tener una plática a manera de acuerdo en 'El Abedul'. Una vez que todos se habían instalado, comenzó a hablar:

—Se pronostica que se avecinan tiempos difíciles por cambios climáticos, inestabilidad en la economía, tensiones raciales, religiosas, y de política exterior, pero no es mi intención hablar de las calamidades, no es mucho lo que podemos hacer para evitar las dificultades. Lo que sí podemos, es controlar la forma como reaccionemos ante la adversidad, y de ello va a depender el tipo de experiencia que tengamos.

»Los conceptos que voy a tratar no son nuevos, es probable que hayan leído sobre el tema o los hayan escuchado mencionar en alguna forma. Yo sólo los invito a que hagan sugerencias para que, como grupo, tratemos de estar de acuerdo en la misma línea.

»Este momento es solo para nosotros, dejemos en suspenso todos los avisos y recordatorios …

»En medio de nuestra actividad diaria es común que nos abrumen los problemas y se nos olviden las capacidades que existen en nuestro potencial interno para resolverlos. En nuestro Ser Interior poseemos un poder infinito para:

Organizar.
Establecer correlación de personas, situaciones y eventos
Manifestar creatividad.
Tener acceso al conocimiento
Seguir nuestra guía intuitiva.

»Al establecer contacto con esas capacidades, encontramos la clave de la conciencia del Ser Interior, quien en realidad Soy.

»No es necesario resolver los problemas de una manera racional cuando nuestro *Ser Interior* está buscando la oportunidad para manifestarse.

»En muchas ocasiones me han preguntado cómo establecer el contacto con el *Ser Interior*. La manera puede variar según la persona y las circunstancias, lo que se persigue es siempre percibir más allá de los cinco sentidos y llegar al sexto sentido. Nuestros sentidos son vista, oído, olfato, gusto y tacto. El sexto sentido es el del saber, el del conocimiento, que permanece latente hasta que lo activemos.

»El contacto con nuestro *Ser* ocurre siempre en el momento presente; no importa el pasado, ni depende de nuestras acciones futuras, y requiere de alguna forma de meditación. Implica:

Silencio y quietud.

Dejar de analizar y evaluar, suspender el diálogo con la mente.

Contacto con la naturaleza.

Dependiendo de las circunstancias, se pueden practicar: caminatas meditativas, meditaciones guiadas, concentración para dibujar un mandala…

»El objetivo es dejar de 'hacer' y sólo ''Ser'. El hacer es una función del cuerpo físico mientras que el 'Ser' es una función del alma.

»Ahora bien, ¿por qué es tan importante llegar al estado del 'Ser?' El estado del 'Ser' es el momento en el que contactamos nuestra Esencia Interna, es el origen de todas las posibilidades. La intención, un pensamiento específico que se mantiene en la conciencia en ese momento, crea las circunstancias para que esa intención se manifieste en la realidad del mundo físico.

»El diálogo frecuente con tu 'Ser Interno' afina tu conciencia, y notas que te expresas con mayor facilidad, aumenta la confianza en ti mismo, te liberas del temor, manifiestas más creatividad, te sientes feliz sin causa aparente y tu vida se sincroniza en general de una manera positiva.

En la sociedad en general persiste el concepto de:

Si no tienes, no eres.

La verdad es que si en verdad 'Eres', siempre tendrás lo que necesitas.

»Esto es en esencia un resumen de los conceptos que utilizo durante las clases que imparto a mis estudiantes. Estoy receptiva a cualquier comentario o sugerencia que quisieran hacer para mejorar mis explicaciones.

Arturo levantó la mano:

—Lo único que puedo decir es que tengo mucho por aprender y qué voy a asistir a tus clases.

—Cuenta conmigo, yo también —Ariana levantó la mano.

Ari sonrió y asintió con su enigmática sabiduría.

Ángeles Caídos

—Recibí esta mañana una invitación para dos —Comentó Ikan con Shivon mientras caminaban juntos por el jardín de Konnect—. Se trata de una recepción para otorgar el premio del año en ciencia. ¿Te gustaría asistir?

—Hasta donde sé, tú no eres miembro de la asociación, ¿tienes idea quién te envió la invitación?

—No, no tengo idea.

—Has mantenido tu trabajo por completo fuera del radar, hasta el momento has tratado de ser invisible en el mundo científico. Hay algo que no me gusta, desconfío de la invitación, yo que tú la ignoraría.

Ikan reflexionó sobre los argumentos de Shivon:

—Tienes razón. Resulta extraño que inviten a alguien no relacionado con la asociación; si lo piensas, no estoy registrado en ningún club social, no tengo tarjetas de crédito, no uso ningún tipo de redes sociales. ¿Cómo se las arreglaron para encontrarme?

—¿Me estás diciendo que quieres ir?

—Échale la culpa a mi parte sentimental. Me siento un poco nostálgico por sentir el ambiente científico.

—No quisiera parecer alarmista Ikan, pero no me gusta la idea, no quisiera ir en contra de mi instinto.

—Respeto tu sentir Shivon, no iremos en plan de pareja… voy a ir yo solo por un tiempo corto, únicamente para salir de la curiosidad.

Ikan se mezcló con la multitud, y observó la escena sin alternar con los asistentes. Escuchaba al maestro de ceremonias recitar el elogio para el ganador, la música, el aplauso, el galardón …

Al final de la ceremonia, su sentir le indicó que la nostalgia que creía experimentar pertenecía a un Ikan que había cambiado. La aprobación pública ya no era para él un incentivo en su trabajo.

El objetivo de su asistencia a la ceremonia se había cumplido. Ikan decidió retirarse y caminó en silencio por el estacionamiento solitario.

Una camioneta se aproximó con rapidez y frenó en forma inesperada junto a él; dos tipos lo sujetaron, le cubrieron la cabeza con una capucha y lo inyectaron con una substancia que lo hizo perder el conocimiento.

Shivon acudió a Elisa en voz baja:

—Elisa, despierta…

—¿Qué sucede?

—Sé que es muy tarde, discúlpame, estoy preocupada. Ikan fue a Toronto a un evento que ya terminó y no me ha llamado, no contesta su teléfono. Tengo un mal presentimiento.

Elisa respiró profundo varias veces.

—Por si te hace sentir mejor, te puedo decir que percibo a Ikan con vida y sin dolor físico…está alejándose de aquí, lo llevan a algún lugar en contra de su voluntad …es probable que lo hayan secuestrado …

—¿Qué hacemos? ¿Aviso a la policía? —preguntó Shivon alarmada.

—Consultemos antes con Arturo, que tiene experiencia en estos casos.

~

Ikan había permanecido en estado letárgico por muchas horas. En su estado de sopor, percibía de una manera vaga las voces en un idioma que no le era del todo desconocido; a la vez, captaba un sonido constante de motor de avión... y después... nada, de nuevo cayó en inconsciencia.

~

Arturo reflexionaba sobre la información que Shivon le había proporcionado referente a la situación de Ikan.

—A este nivel pienso que debemos dar tiempo a que los captores, si es que los hay, nos contacten para decirnos sus intenciones. Necesitamos saber lo que pretenden.

—¿Esperar? ¿cuánto tiempo?

—En principio unas setenta y dos horas. Mientras tanto, voy a poner en alerta a mi grupo de escualos.

—¿A qué te refieres con tu grupo de escualos?

—Es algo que nunca te he comentado. Un tiempo después de haberme separado del ejército, me resultó muy difícil integrarme a la vida civil. El quedar fuera de la acción y de las misiones me hacía sentir sin propósito. Con los recursos financieros que tenemos de sobra en nuestro consorcio Robinson, recluté poco a poco a un grupo selecto de ex miembros de las fuerzas especiales, para actuar por nuestra cuenta en casos de emergencia. Sé que funcionamos fuera del marco legal, pero la lentitud y la complejidad de la burocracia a veces favorece a los delincuentes. Lo único que te puedo decir es que hemos ayudado a varias familias en dos ocasiones y esto me ha hecho sentir mejor.

—Te lo encargo hermano, tú conoces mejor que yo ese aspecto de la vida.

～

Ikan recuperó la conciencia. Se encontraba en un cuarto cerrado, blanco, parecido al de un hospital. Frente a él, una pantalla grande se encontraba apagada. Se incorporó, dio algunos pasos alrededor de la habitación y vio un timbre junto a una puerta cerrada; lo oprimió un par de veces y aguardó...

La pantalla se encendió y apareció la imagen de una cara manipulada digitalmente.

—Bienvenido señor Stolls.

—¿Con quién hablo? ¿qué hago aquí?

—Por su propia seguridad no puedo decirle quién soy. Hablaremos cuando sea necesario por medio de esta pantalla. Le pido disculpas por haberlo hecho venir en contra de su voluntad; el caso es que las circunstancias nos apremian y necesitamos sus servicios. Le aseguro que no somos malagradecidos, si usted cumple con lo que le solicitemos, lo llevaremos de regreso a su hogar y será recompensado con generosidad.

—¿Qué sucede si no cumplo con lo que ustedes requieren de mí?

—Por el momento no vamos a hablar de ello, ya que confiamos en que usted es una persona razonable. Ahora usted va a conocer a Raam, quién le dará sus instrucciones. Le vuelvo a dar la bienvenida, me llamo Kroll.

La pantalla se apagó. Unos minutos más tarde, la puerta se abrió y entró un hombre joven, alto, con barba, vestido a la usanza indonesia.

—Soy Raam, sígueme.

Ambos caminaron por un corredor, y hasta llegar a un laboratorio amplio, con equipo de alta tecnología.

Raam condujo a Ikan a una oficina privada donde le indicó que tomara asiento.

—En este lugar no tenemos mucho contacto con el mundo exterior. Cuentas con una habitación privada para dormir, y serás provisto de ropa y alimentos. Hazme una lista de necesidades personales. La mayor parte del tiempo lo pasamos en este laboratorio y en un jardín cerrado adjunto a este edificio.

—¿Estás tú también aquí en calidad de prisionero? —preguntó Ikan.

—¡No me interrumpas! Pon atención:

Te voy a dar la muestra de ADN de un individuo. Necesitas crear un virus programado con ingeniería genética para atacar a esa persona y a nadie más. Es muy importante que el virus sólo afecte al individuo que te voy a designar.

—¿Me estás ordenando que mate a alguien?

—No. Te estoy instruyendo que el objetivo es invalidarlo temporalmente para que quede fuera de funciones. Tienes acceso a todo el laboratorio, avísame cualquier cosa que necesites.

Elisa trató de mantener a Shivon en calma y darle soporte emocional.

—Continúo percibiendo a Ikan con vida, no está siendo dañado en su parte física…hay dos islas unidas por un puente… ubico a Ikan en la isla grande …

—¿Tienes idea dónde están esas islas? —preguntó Shivon en voz baja tratando de no interrumpir el trance de Elisa.

—No… solo veo un ambiente tropical…y nada más por el momento.

Ikan tenía un conflicto moral con el objetivo impuesto. Pensaba cómo podría incapacitar a la persona sólo por un tiempo para que la condición fuera reversible y así cumplir con la tarea. Causar un daño permanente le sería fácil, sin embargo, una incapacidad temporal le representaba un reto muy complejo.

Al día siguiente Ikan se dirigió a Raam:

—*Saya berbicara bahasa indonesio* (Hablo indonesio).

—No se permite hablar indonesio en este laboratorio —contestó Raam secamente— ¿Se te ofrece algo?

—¿Podrías asignarme un cubículo exclusivo para mi trabajo personal?

Unas horas más tarde cuando Ikan caminaba por el jardín Raam lo abordó.

—Si eres un espía no pierdas tu tiempo conmigo, soy parte del equipo en este lugar.

—Te entiendo, te aclaro que no soy un espía.

—Hablas indonesio con acento, ¿dónde lo aprendiste? —preguntó Raam.

—Tuve un laboratorio en Ubud, en la isla de Bali. Mi asistente me enseñó el idioma y además de tener una mejor comunicación, desarrollé un nexo de amistad con él. Su nombre era Ari; le pregunté su apellido y me indicó que en Bali no se usaban apellidos, sin embargo, en ocasiones agregaban 'wayan' a su nombre para diferenciarse.

Raam enmudeció con la información de Ikan y cambió el tema de la conversación:

—¿Cómo vas con tu proyecto?

—Estoy poniendo datos en orden, me hace falta mi reloj, ¿me lo podrías devolver? Soy un individuo metódico, lo uso para tomar mis medicamentos y hasta para regular mis ritmos circadianos. Sé que podría usar cualquier reloj, pero el mío lo he tenido por muchos años; aunque parezca ridículo, forma parte de mi zona de confort.

—Veré lo que puedo hacer —Raam dio media vuelta y se fue.

~

Arturo había contactado a varios miembros de los escualos y les había informado de la limitada información que tenía sobre el caso. Los individuos estaban dispuestos para actuar en el momento necesario.

Ikan había recuperado su reloj y accionó con discreción una combinación de botones; en la carátula aparecieron los números: -8.7333 115.5333

Debido a que él había trabajado en la investigación de los 'meridianos' por los que circula la energía del planeta, había podido programar en su reloj la posibilidad de que le diera su posición terrestre por medio de coordenadas geográficas. ¡Ahora sabía dónde estaba!

Raam se aproximó de nuevo a Ikan mientras caminaban por el jardín:

—Ari, tu ayudante, ¿notaste alguna vez si tenía un tatuaje en su antebrazo?

—Sí, tenía un tigre, me comentó que era un símbolo de familia.

—Su tatuaje, ¿se parecía a este? Raam se descubrió el antebrazo y reveló una imagen idéntica del tigre.

—Sí, igual a éste—

—Creo saber de quién se trata —Afirmó Raam—. ¿Me puedes decir en dónde se encuentra?

—Trabaja conmigo, en Canadá.

—De salud, ¿cómo está?

—Excelente, la última vez que lo vi estaba muy bien.

—Voy a tomar el riesgo de revelarte que Ari es mi padre. Nací por la relación amorosa que él tuvo con Indah, mi madre. La familia de mi madre, que era de una casta más alta que la de Ari, no le permitió casarse con él.

Cuando yo era niño, Ari me visitaba de una manera furtiva y comenzó a inculcarme la inclinación por la ciencia. Por la afinidad que sentía con él, un día, ya adolescente, me apliqué el tatuaje del tigre en mi brazo. A partir de ese momento, la relación con mi padre fue bloqueada por mi grupo familiar, y desde entonces perdí su contacto.

—¿Por qué me confías toda esta información? —Ikan reaccionó sorprendido.

—No lo sé, espero que no sea un error de mi parte.

—¿Te puedo preguntar otra vez si estás aquí por tu voluntad? —Insistió Ikan con diplomacia.

—En un principio sí. Me afectó mucho ver la forma en que mi padre fue discriminado por ser un vendedor de hierbas medicinales en la calle. Yo no quería correr la misma suerte. Esta organización me contactó porque me especializo en biología molecular y manejo *software* a buen nivel.

—¿Qué quisiste decir con "al principio sí"?

—Los trabajos que me asignaban originalmente tenían por objeto mejorar el rendimiento de las cosechas de arroz. Más tarde me otorgaron préstamos monetarios considerables para afrontar las necesidades médicas que se presentaron en algunos miembros de mi familia. Hace un tiempo, me solicitaron que desarrollara programación genética en plantas con propiedades psico activas, de las que se puedan procesar drogas que produzcan un fuerte estímulo y que sean adictivas. Por supuesto que no deseo hacerlo, pero a este nivel estoy comprometido y atrapado.

—¿Cuál es la finalidad del virus que me han solicitado desarrollar?

—No conozco el lugar donde pretenden iniciar los plantíos, solo sé que el presidente del país no lo permitiría. En el momento que tu virus actúe, tienen a un sucesor preparado para presentarse como un salvador de la situación y protector del enfermo. Una vez instalado en el poder, dicho presidente substituto controlará la situación a favor de los plantíos.

—Aprecio el riesgo que tomaste al darme toda esta información, te voy a corresponder al confesarte algo —Ikan saca de su bolsillo una unidad *flash*—: Esta unidad contiene la programación necesaria para enviar un mensaje que indica las coordenadas de mi ubicación. Los filtros del sistema local no detectarían nada sospechoso en el contenido del mensaje, ya que no incluye caracteres latinos. ¿Te la doy?

—En las computadoras del laboratorio no tenemos acceso a internet, pero buscaré la forma —Raam tomó la unidad *flash* y se la guardó.

⌇

Shivon se encontraba en meditación. Su teléfono le avisó la recepción de un nuevo mensaje. Ella había estado ignorando los avisos por el momento, pero en esa ocasión, algo le decía que lo debía atender y revisó el texto:

Ικαν -8.7333 115.5333 «¡Ahh, basura digital!» pensó. Estaba a punto de borrarlo, pero una sensación en su plexo se lo impidió. Observó los números y reflexionó: «parecen tener un orden, es probable que no sean basura digital». Acudió a su hermano Arturo, quien estaba por subir a su auto.

Arturo reaccionó de inmediato al leer el texto:

—¡Es un mensaje de Ikan Sis!, su nombre está en caracteres griegos y los números representan las coordenadas de su ubicación.

Los miembros del grupo se reunieron de inmediato en la oficina de Ariana y cotejaron las coordenadas en la computadora:

—Son las islas de Nusa Lenbongan y Nusa Penida —afirmó Ariana.

—Ari, ¿conoces el lugar? —preguntó Shivon.

—Sí, alguna vez estuve ahí.

—¿Cómo cruzas de una isla a otra?

—Están unidas por un puente.

Shivon dirigió una mirada a Elisa, concediéndole el acierto que tuvo durante su visión.

Ari se dirigió a Arturo:

—Si usted me permite, quisiera acompañarlo a rescatar a Ikan, le debo esa fidelidad, es parte de mi formación cultural. Por lo demás, conozco la isla y tengo idea de dónde podría encontrarse.

Elisa se acercó a Ari con discreción y en voz baja le dijo casi al oído:

—En la isla mayor en un punto cercano al mar hay dos torres naturales de roca, ¡ese es el lugar!

Al alejarse Ari de la habitación, Elisa lo observó y reflexionó: «veo la personificación de la sabiduría en un individuo con ausencia total de vanidad. Ikan es muy afortunado de que sea su asistente».

~

Raam se presentó en el cuarto de teleconferencia en respuesta a un llamado de Kroll.

Kroll apareció en pantalla.

—No hemos tenido noticias de tu parte Raam, tu plazo expiró. ¿Alguna novedad?

—No he logrado que los períodos de germinación sean más rápidos, pero voy por buen camino; mientras tanto les he preparado algunas muestras de una droga química de bajo costo que se puede producir con un mínimo de equipo, en cualquier lugar y no tiene efectos letales. Sus clientes podrían ser repetitivos y de larga duración.

—Suena interesante… ¿Se compara su estímulo con el de la planta psicoactiva modificada en forma genética?

—No, el estímulo es menor, pero la droga se puede producir de inmediato para generar ingresos mientras concluyo con mi experimentación.

—Por esta vez vamos a tomar en cuenta tu iniciativa, y te extenderemos el plazo otra semana, ¡No nos falles!

La pantalla se apagó.

Raam pasó caminando junto al escritorio de Ikan, y le dejó a la pasada un mensaje en una tarjeta: "Te veo en el jardín en 10 minutos".

—Hay que tener cuidado con lo que hablemos dentro del laboratorio, porque tengo la sospecha de que estamos monitoreados —mencionó Raam.

—Estoy de acuerdo, yo también lo he pensado desde un principio.

—Siento algo que me inquieta que necesito comentarte:

»Kroll me tiene muy presionado para que produzca la planta programada con propiedades psico activas; el plazo se cumplió y, como último recurso para ganar tiempo, le ofrecí proporcionarle muestras de una droga química que se pudiera producir por el momento. Me tomó la palabra y pude ganar una semana más de plazo, pero estoy preocupado.

—¿Te preocupa el daño que tu droga va a causar?

—No, aunque la droga tiene cierto efecto psicotrópico, la considero de menos daño para los adictos, ya que no tiene efectos letales por sobredosis, ni produce adicción; claro que esto no lo sabe Kroll. Lo que te quiero decir, es que tuve que escoger el menor de los males para sobrevivir el momento, no obstante, me sigo sintiendo mal con lo que hago.

—Has actuado bien dadas las circunstancias —afirmó Ikan—, además de haber enviado ya mi mensaje. Es muy factible que pronto tengamos ayuda. Sugiero que por el momento trabajemos en los proyectos que ojalá no tengamos que concluir.

Viento a Favor

El grupo de escualos viajaban de noche en un catamarán Incat Crowther, con equipo de alta tecnología y helicóptero a bordo. Navegaban cerca de su destino y reunidos revisaban su plan de acción. Ari pidió la palabra para hacer algunos comentarios:

—La isla pequeña recibe visitantes todo el año, por lo que no sería un buen lugar para establecer el tipo de instalaciones que buscamos. La isla mayor tiene terreno agreste, no es turística, por lo tanto, es más privada. No creo necesario explorarla toda, ya que la parte más utilizable para un desarrollo industrial se encuentra en la zona noroeste. Conozco bien la isla porque en años pasados recolectaba plantas medicinales únicas en esa localidad.

»Ustedes mencionaron el factor sorpresa para un asalto. Sugiero me permitan explorar el área a pie, haciéndome pasar por un recolector de plantas que es lo que en realidad siempre he sido. En el momento que descubra la ubicación de las instalaciones, dejo escondido un dispositivo rastreador y regreso al barco, manteniéndome siempre oculto entre la maleza.

Los comandos habían permanecido en silencio, atentos, escuchando las sugerencias de Ari.

—Ari, no conocía tu fase de estratega —exclamó Arturo con sorpresa—, ¡lo haces muy bien!, ¡apruebo tu plan!

En la madrugada del día siguiente la figura de Ari recorrió con sigilo la zona noroeste de la isla cerca del mar. En algún punto descubrió dos torres naturales de roca, pero no veía ningún tipo de construcción. Examinó a su alrededor y sólo vio maleza. No pudo resistir la tentación de recolectar un espécimen de Cúrcuma de Java y meterlo en su bolso; sin esperarlo, dos individuos lo sorprendieron por la espalda y lo tomaron prisionero. Uno de los atacantes accionó un botón disimulado en una de las torres y se abrió una puerta.

Ari presionó su bolso y activó el dispositivo rastreador que había escondido entre las hierbas. Uno de los atacantes le arrebató el bolso y lo tiró al suelo antes de entrar.

Lo condujeron por el interior del complejo y lo llevaron al cuarto de teleconferencia.

La pantalla mostró a Kroll:

—¿A quién tenemos aquí? ¿Un visitante?

Ari permaneció en silencio.

—¿Quién eres? ¿Qué haces en mis terrenos?

—No sé cuáles son tus propiedades, yo sólo busco plantas medicinales.

—Tu visita es oportuna nos vas a proporcionar un servicio. ¡Que venga Raam! —ordenó Kroll.

Raam entró al cuarto y no pudo evitar su expresión de sorpresa al ver a Ari, su padre, quien permaneció inmutable.

Kroll observó la escena con desconfianza:

—¿Qué te sucede Raam, lo conoces?

Raam recuperó su compostura

—Ahh, te sorprendió ver a uno de tu especie —comentó Kroll—, te voy a pedir una prueba de lealtad, necesito que utilices a nuestro visitante… ¿Como te llamas?

—Ari.

—Necesito que utilices a Ari para comprobar que la sobredosis de la droga que me propones no es letal. Solo cuentas con un plazo de una hora.

"Clic" la pantalla se apagó.

Raam llevó en silencio a Ari al jardín para poder hablar.

—No estoy solo —Ari habló con cautela—, debemos actuar con rapidez, es necesario encender fuego como si fuera un acto ceremonial. ¿Dónde está Ikan? ¡Debe unirse a nosotros!

Raam trajo un maletín con productos químicos y procedió a improvisar un fuego ceremonial. Ari le proporcionó algunas plantas que comenzaron a producir humo.

Ikan salió al jardín y Ari le hizo una señal para que no se diera por sorprendido.

El sonido del motor de un helicóptero no se hizo esperar, llegó al lugar a vuelo raso, y disparó proyectiles hacia la puerta del laboratorio produciendo varias explosiones. Algunos guardias comenzaron a disparar hacia la nave, parapetados detrás de las humeantes paredes. El helicóptero lanzó nuevos proyectiles para cubrir su aterrizaje. Ari, Ikan y Raam procedieron a abordarlo. Arturo impidió el ascenso de Raam por no conocerlo, y este recibió un impacto de bala en un costado. Ikan gritó a Arturo a todo pulmón: ¡Él viene con nosotros!, ¡es de los nuestros! Ari descendió del aparato para asistirlo mientras Arturo ayudaba a ambos a subir al helicóptero y finalmente, la nave al fin se elevó a gran velocidad perdiéndose en la distancia.

Arturo revisó la herida de Raam:

—No parece haber daño en ningún órgano ni arteria. 'El Huesero' te va a atender en el barco.

Ikan miró a Arturo con desconcierto.

—'El Huesero' es nuestro cirujano —le aclaró.

~

Elisa, Ariana y Shivon celebraban el éxito de la misión de rescate de Ikan.

—¿Sabían que Ari viene de regreso trayendo a un hijo? —comentó Ariana intrigada—, su nombre es Raam. Arturo no me dio más detalles. Las novedades que surgen de los miembros de nuestro grupo no dejan de sorprenderme. Lo único que Arturo me informó es que su viaje de regreso tomará unos días más, debido a que Raam sufrió una herida durante el rescate y requirió cirugía a bordo del barco.

—Echo de menos a mis colegas —musitó Shivon—, siento como si a Konnect le hubiera dado anemia… sin agraviar a las presentes…

—Cuando estemos juntos necesitaremos operar una vez más a todo vapor —afirmó Ariana.

—Tu deseo se va a cumplir más allá de lo que te imaginas —dijo Elisa—. No quiero parecer alarmista, pero me gustaría hablar con ustedes, no en plan de junta de directorio, sino sólo entre nosotras tres:

—Hay una situación que los gobiernos y los medios de comunicación no informan con exactitud. El problema está relacionado con el calentamiento global, y su naturaleza es compleja; comienza con el agua:

»Cuando se eleva la temperatura en el mundo, la nieve en las montañas disminuye o en algunos casos desaparece. Como resultado, el agua que se recoge de los ríos no es suficiente para el riego de las plantaciones y la industria de la agricultura sufre. Las zonas desérticas del planeta han crecido en extensión y dada la sobrepoblación mundial, hay millones de personas que ya están sufriendo hambre. La escasez de agua y alimentos aumenta la actividad delictiva; se viene un éxodo de millones de refugiados huyendo hacia países con mejor clima, a países más cercanos a los extremos de los hemisferios, como Canadá, el norte de Europa y Rusia. Todos estos movimientos involucran disturbios, saqueos y la impotencia de los gobernantes para controlar el caos. Este prospecto está en un futuro no muy distante, y los primeros síntomas se están comenzando a manifestar en forma de guerras, tráfico de ilegales, inflación, agitación política y social, en fin, ustedes ya saben a lo que me refiero.

Ariana había escuchado con atención y preguntó:

—En nuestro presente, aquí en este lugar, ¿Presientes un riesgo inmediato?

—Más allá de lo que se imaginan. ¡Abróchense el cinturón porque estamos a punto de despegar!

Luz y Sombra

Dos semanas más tarde, Arturo y el resto del grupo viajaban en su avión de regreso a casa. Al sobrevolar la zona de Ontario, Canadá, observaron disturbios públicos y multitudes avanzando hacia la zona noroeste del lago Ontario.

—¡Nuestra zona está en peligro! —exclamó Arturo— ¡Debemos aterrizar cuanto antes!

Las autoridades ya habían notificado a Konnect del peligro de invasión que se aproximaba y les habían sugerido evacuar el lugar, pero ellos decidieron esperar.

Arturo y su grupo llegaron a Konnect.

—¡Tenemos que ir todos juntos al avión!, lo dejamos a media hora de aquí.

Cada uno de los miembros de Konnect tomó lo único que podía transportar y en conjunto, se alistaron a partir.

Un empleado del hangar avisó alarmado a Arturo que la turba había llegado y se había apoderado del avión.

Elisa levantó la voz por encima de lo usual:

—¡Vamos hacia mí cabaña, ahí estaremos a salvo!

—¿Tu cabaña? ¿De qué nos sirve ir a tu cabaña en estas circunstancias, Elisa? —preguntó desconfiado Ikan.

—No hay tiempo para explicarles, por favor confíen en mí; hay algo que ustedes no saben, repito, ¡ahí estaremos a salvo!

Se distribuyeron en dos vehículos y todos partieron hacia el refugio. Al aproximarse a la zona, Elisa pidió dejar las camionetas a un lado del camino, alejadas de la cabaña.

Una vez en el interior de la vivienda, Elisa informó al grupo sobre la existencia de los túneles y las cavernas. En seguida, procedió a abrir el acceso secreto hacia el túnel y, uno a uno, fueron ingresando hacia lo desconocido.

—¿Por qué tiene iluminación este túnel? ¿A dónde va a dar? —preguntó Arturo.

—Nunca lo he recorrido —admitió Elisa—, tengo entendido que llega a una salida exterior como a una milla de distancia en una zona inaccesible en las montañas. Los Chippewa me aseguraron que estaríamos protegidos.

Durante su recorrido, el túnel conectaba con una gruta de una belleza excepcional, se apreciaban estalactitas y estalagmitas, intercaladas con cristales de selenita.

—¡Parece una catedral de cristal! —comentó Ariana.

—Son cristales gigantes de gypsum —comentó Ikan —.según veo, su tamaño fluctúa entre uno y cuatro metros de longitud. Estamos frente a un proceso que a la Naturaleza le tomó de quinientos mil a novecientos mil años construir, dependiendo de las dimensiones de cada pieza. Lo que me intriga —, comentó Ikan examinando las paredes—, es que este lugar está iluminado con electricidad inalámbrica. Me pregunto: ¿A quién pertenecerá?

El grupo continuó su caminata y al final del túnel contemplaron lo que parecía ser luz del exterior. Al aproximarse a la zona iluminada notaron que la caverna se ampliaba formando una enorme cavidad en la montaña con luz natural del exterior. La vista panorámica mostraba al frente un majestuoso acantilado de considerable altura. En la imponente cavidad, observaron instalaciones con actividad humana moviéndose en varias direcciones.

Un grupo de cuatro individuos uniformados de color claro los recibieron con tono amistoso:

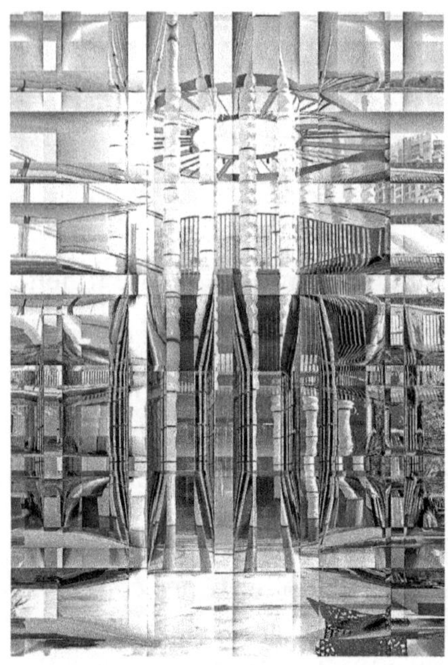

—¿Se pueden identificar? —preguntó uno de ellos.

—Nos envía Achak —informó Elisa.

—Bienvenidos a Xonnel, por favor sígannos.

El guía los condujo a caminar hacia una estructura moderna de interior impecable. En un salón de diseño elegante y colores sedantes, se instalaron alrededor de una mesa de conferencias.

En breves momentos apareció un hombre de mediana edad con la apariencia de un laboratorista.

—Bienvenidos, mi nombre es Karel, estoy a cargo de Xonnel; me interesa mucho saber de ustedes con el mayor detalle posible. Por favor, instálense en sus habitaciones provisionales y ya cuando estén listos nos iremos conociendo poco a poco. Les explicaré quiénes somos y lo que hacemos aquí.

En una de las viviendas provisionales, el grupo se había reunido para comentar entre sí la forma como se sentían en el nuevo lugar. Elisa les confirmó que tenía una impresión positiva de Karel y el nuevo sitio. Sugirió que cada uno se abriera con sinceridad y revelara con detalle su perfil, para descubrir las opciones y oportunidades que Xonnel podría ofrecerles.

Días después de su llegada a Xonnel, Karel los invitó a una reunión.

—Deseo agradecerles su honestidad y la buena disposición con que cada uno de ustedes proporcionó su información. Me imagino que el destino los juntó y se han convertido en un grupo muy unido que yo respetaré.

»Quisiera proponerles su colaboración en una serie de funciones, proyectos y áreas de investigación acorde a la especialidad de cada uno. Xonnel es una comunidad muy especial que actúa por el bien del mundo, una especie de póliza de seguro. Sabemos que existe un orden superior por encima de los gobiernos, del petróleo, de los laboratorios farmacéuticos y de la Reserva Federal. Gracias a este orden, Xonnel tiene existencia independiente, al igual que otros organismos que actúan de incógnito en distintas partes del mundo. Algunos han salido en parte a la luz pública, como el CERN, en la frontera de Francia y Suiza, y el área 51, en Nevada, USA.

»Se está produciendo una conmoción en el mundo que irá en aumento. Cada vez habrá menos tiempo para el estudio y la investigación. La gente estará enfocada en la sobrevivencia. Después de algún tiempo, cuando la crisis termine, el planeta recuperará su equilibrio.

»Nuestra labor es trabajar para salvaguardar el conocimiento y estar listos para dar soporte en la nueva era.

»Si alguno de ustedes desea regresar al mundo exterior puede hacerlo en cualquier momento, esta no es una prisión. Los que aquí habitamos hemos experimentado felicidad y satisfacción. En mi caso yo aquí nací, no obstante, en algunas épocas de mi vida he efectuado viajes cortos a otros países con fines científicos.

»A partir de este momento tienen libertad para moverse y alternar con los habitantes de Xonnel.

»Les iré dando citas individuales para platicar sobre los posibles cargos y actividades a desarrollar.

~

Pasados algunos días Arturo y Ariana dialogaban:

—Con respecto a vivir aquí o volver al mundo exterior en sus actuales circunstancias, ¿qué has pensado al poner todas las opciones en la balanza? —preguntó Arturo.

—Mi vida estaba tomando un curso muy estimulante en el mundo exterior, pero te aseguro que el ambiente que me gustaba ya cambió en los pocos días que he estado aquí; aquello quedó en el pasado. De aquí en adelante, las circunstancias serán cada vez menos deseables. Además, tengo el incentivo de que Karel me ofreció una posición importante para la organización compleja de todos los proyectos de Xonnel, y eso me entusiasma.

»Para contestar tu pregunta, me inclino a probar una nueva vida aquí. ¿Qué has pensado tú?

—Mi trabajo estaría muy ligado con la especialidad de Raam, el hijo de Ari; trabajaríamos juntos, por sus conocimientos en biología molecular y *software*. En principio, le ofrecí a Karel traer la unidad completa de Inteligencia Artificial del Consorcio Robinson, incluyendo su banco de datos y *software*. Con la aplicación de Inteligencia Artificial, comenzaríamos de inmediato a desarrollar programas tales como:

»Preservar una muestra individual genética, para producir los órganos necesarios en caso de un trasplante si la persona lo llegara a requerir.

»Impresoras de Tercera Dimensión para aplicaciones médicas e industriales. Se podría producir desde una pieza dental, hasta un automóvil.

»Sistema de enseñanza interactivo para todos los niveles.

»Un sistema computarizado para lograr votación imparcial al elegir mandatarios.

»En el área de salud, las posibilidades son muy alentadoras; imagínate que, con una simple muestra de sangre, se pudieran determinar de antemano los efectos secundarios graves que podría sufrir un paciente con un medicamento, ¡desde antes de tomarlo!

»También es muy importante desarrollar un sistema de seguridad cibernética para evitar ataques de los *hackers*.

»Raam está muy entusiasmado con los prospectos, y sobre todo agradecido con nosotros por haberlo rescatado y poder disfrutar de esta nueva experiencia.

»¡Ah! tu pregunta. ¡Si, por supuesto que me gustaría probar una nueva vida aquí!

~

Ikan y Shivon caminaron hacia afuera de la cavidad en la montaña y descendieron hacia el fondo del cañón, donde circulaba un río con agua transparente.

—Contempla la belleza de este acantilado Shivon, no hemos perdido nada, seguimos disfrutando un sitio junto a un río en un paraíso privado.

»Karel me ha solicitado que trabaje en contacto cercano a él, le preocupa el carbón; su uso para producir electricidad en el mundo es uno de los mayores contaminantes de la atmósfera y responsable en gran parte del calentamiento global. Necesitamos producir energía eléctrica con fuentes renovables como: solar, viento, mareas e hidrógeno, entre otras. Pretendemos eliminar el uso del carbón antes de los próximos cinco años. Los laboratorios de Australia y Cambodia serían claves para la implementación de la energía inalámbrica.

Ikan contemplaba la placidez ondulante del río frente a ellos:

—¡El agua nos invita a un chapuzón! ¿Te animas?

Durante varios días, los recién llegados participaron en sesiones de 'familiarización'. La finalidad de las sesiones era determinar a través de una serie de pruebas los conocimientos y aptitudes de cada uno de ellos. Al concluir el ejercicio, Karel les explicó que esta evaluación objetiva de sus capacidades era esencial para el bien integral de la comunidad. Por otra parte, los felicitó, porque tras aplicar distintos métodos de evaluación, todos y cada uno de ellos habían superado las marcas psicométricas y técnicas esperadas. En tono humorístico, "a manera de desagravio", les ofreció presentarlos en forma oficial a la comunidad mediante una ceremonia pública.

Poco después el grupo se reunió a departir en una de las habitaciones:

—Seguimos interactuando como 'La Pandilla Konnect'. Me imagino que al entrar en funciones nos iremos disgregando de alguna manera —comentó Ariana.

—No del todo —respondió Arturo, guiñándole el ojo.

—Estoy muy agradecido con mi presente situación, no obstante, si surge la necesidad de hablar en público, no cuenten conmigo —avisó Ikan de antemano.

—Yo también quedo fuera de consideración —aclaró Arturo.

—¿Qué les parece que hable Elisa? —Propuso Shivon—, la veo muy ecuánime, como siempre.

El grupo votó y todos aceptaron. Elisa permanecía inmutable.

Epílogo

El área que funcionaba como auditorio en Xonnel era la misma gruta de excepcional belleza que el grupo había cruzado con anterioridad. Un sistema de sonido propagaba una música suave de manera uniforme sin ningún tipo de distorsión. La comunidad se había reunido con entusiasmo, ya que los eventos sociales no se daban a menudo. En un extremo de la gruta se proyectaban imágenes de gran tamaño mediante un novedoso sistema holográfico que funcionaba a manera de realidad virtual, sin necesidad de usar un visor.

La música se interrumpió y, desde el estrado, Karel dio la bienvenida a todos los concurrentes. Su imagen estaba amplificada en el sistema holográfico.

—Hace tres semanas tuve el gusto de conocer a Shivon, Elisa, Ariana, Ikan, Arturo, Ari y a Raam. Llegaron a nuestra comunidad guiados por Achak, como parte de una cadena de eventos enlazados por el bien de todos nosotros. Las cualidades personales y profesionales de nuestros nuevos miembros constituyen una valiosa aportación para nuestra colectividad. Con su apoyo seguiremos cumpliendo con los objetivos de nuestra misión.

»Con ustedes: Elisa.

La audiencia aplaudió con calidez y Elisa comenzó su plática con aplomo:

—Quisiera aprovechar la oportunidad, ahora que estamos todos reunidos, para hacer alusión a un tema que considero muy importante: nuestra identidad.

»En el curso de nuestra vida diaria, nos identificamos a nosotros mismos y a los demás por lo que hacemos y no por quienes somos; el ingeniero, el médico, el músico. El ejercer como médico es un papel temporal, no es quién ese individuo en realidad es; si además de su actividad, esa persona se identifica con sus circunstancias, tales como los retos y problemas que se le presentan en su vida diaria, ignora su naturaleza espiritual, qué es su verdadera identidad, y con ello se olvida de su potencial y sus verdaderos recursos para superar los obstáculos materiales.

»Nuestro mundo experimenta momentos difíciles. Vinimos a Xonnel para retirarnos del caos que prevalece en el exterior. No siempre entendemos la razón de algunos cambios, pero debemos confiar que el resultado será dar un paso hacia adelante. El universo está siempre expandiéndose, creando y en evolución, no hay marcha atrás.

»Xonnel se propone actuar como el reverso del caos, el opuesto a la energía negativa. Podría decir que el sendero que los humanos recorremos hasta realizar nuestra naturaleza espiritual está representado en el símbolo de Yin Yang. En el símbolo del Yin Yang, la parte blanca representa la energía positiva que: integra, conecta, expande. La parte oscura representa la energía negativa qué: desconecta, segrega, atemoriza.

»Todo humano en el recorrido de su sendero escoge experimentar la polaridad de Yin Yang:

En el lado positivo: me siento seguro, en paz, creativo, sigo mi intuición.

»El lado negativo siempre engaña, es mentiroso, por lo tanto, recurre a estratagemas para que lo adoptes, porque no refleja tu verdadera naturaleza. Te hace creer que: estás solo en el mundo, no tienes ningún apoyo, eres un inútil, las cosas van a ser cada vez peor …

»Ambos polos son necesarios porque para saber que tú eres, necesitas compararte con algo, tener una referencia, compararte con lo que no eres.

»Cuando llegamos a tener conciencia de nuestra naturaleza espiritual, entendemos en el símbolo de Yin Yang, que además del polo positivo y polo negativo, hay una zona intermedia de neutralidad. Esa zona de neutralidad es en la que nos debemos mantener.

»Desde esa zona podemos observar la polaridad y escoger sólo aquello que necesitemos experimentar. Podemos estar conscientes de la energía negativa y sus efectos sin temerle, y por lo tanto no tenemos por qué experimentarla. Cuando logramos mantenernos en esa zona de neutralidad, es cuando manifestamos nuestra verdadera identidad.

»Veo venir sorpresas y triunfos para Xonnel, no por haberlo pedido sino como resultado del sentimiento de gratitud que prevalece en nosotros.

»Muchas gracias. Les deseo que tengan la mejor experiencia con la historia de sus vidas.

Esa misma noche, una vez concluidas las actividades, Ariana y Shivon dialogaban en su habitación:

—Shivon, tú conoces la historia de nuestro grupo mejor que nadie, ¿Podrías escribirla si te lo pidiera? —preguntó Ariana con cierto tono de nostalgia.

—Tendría que pedir la autorización de todos y completar algunos relatos…

—Dime, ¿En verdad lo harías?

—Sí, sería nuestra historia.

—Y lo que vivamos aquí en Xonnel, ¿Lo relatarías también?

—Esa, ya sería otra historia. Algún día te lo responderé.

FIN

EL AUTOR

Manuel Lanz

Manuel disfruta de actividades creativas en su vida diaria; piensa que es esencial escuchar al libro que llama a ser escrito, a la imagen que pide ser pintada, y a la melodía en su mente que necesita orquestar y dejar grabada.

El elemento en común en estos procesos es la creatividad; al crear, encuentra un objetivo en la acción, le satisface el poder expresarse y cumple con su propósito.

Manuel ha vivido en varios países y aprecia sus diferentes culturas. Además de su inclinación por las letras, su obra incluye composición musical y fotografía artística combinada con técnica mixta.

www.ManuelLanz.com

LA ARTISTA

Marcela Ewertz

Exponente de las bellas artes, Marcela plasma las vivencias de su obra pictórica en un reflejo simbólico de sus experiencias. 
Siendo a la vez Hipnoterapista Clínica Titulada, se enfoca en promover bienestar a sus clientes física, mental y emocionalmente. Mediante el uso de visualizaciones guiadas, les ayuda a restablecer la confianza en sus propias capacidades para lograr sus metas.

www.MarcelaEwertz.com (Arte pictórico)

www.MarcelaEwertz.net (Hipnoterapia clínica)